Ficha Catalográfica

(Preparada na Editora)

Lúcio, Antonio 1943-
L97c   *Cidade Fraterna* / Antonio Lúcio, Espírito Luciano
Messias. Araras, SP, 1ª edição, IDE, 2019.
224 p.
ISBN 978-85-7341-741-8
1. Romance 2. Espiritismo 3. Psicografia. I. Título.

CDD-869-935
-133.9
-133.91

Índices para catálogo sistemático
1. Romance: Século 21: Literatura brasileira 869.935
2. Espiritismo 133.9
3. Psicografia: Espiritismo 133.91

Cidade fraterna

ISBN 978-85-7341-741-8
1ª edição - junho/2019

Copyright © 2019,
Instituto de Difusão Espírita - IDE

Conselho Editorial:
Doralice Scanavini Volk
Wilson Frungilo Júnior

Produção Cultural:
Jairo Lorenzeti

Revisão de texto:
Mariana Frungilo Paraluppi

Capa:
Samuel Carminatti Ferrari

Diagramação:
Maria Isabel Estéfano Rissi

INSTITUTO DE DIFUSÃO ESPÍRITA - IDE
Av. Otto Barreto, 1067
CEP 13602-060 - Araras/SP - Brasil
Fone (19) 3543-2400
CNPJ 44.220.101/0001-43
Inscrição Estadual 182.010.405.118
www.ideeditora.com.br
editorial@ideeditora.com.br

Todos os direitos reservados. Nenhuma parte desta publicação pode ser reproduzida, armazenada ou transmitida, total ou parcialmente, por quaisquer métodos ou processos, sem autorização do detentor do copyright.

ANTONIO LÚCIO
pelo Espírito Luciano Messias

cidade fraterna

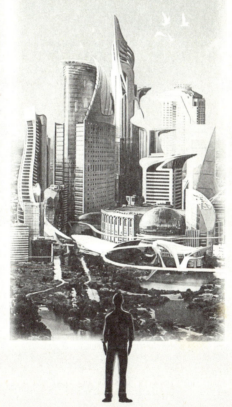

ROMANCE MEDIÚNICO

O bem reinará sobre a Terra quando banirmos o orgulho e o egoísmo de nosso coração.

ide

Deus estabeleceu leis, plenas de sabedoria, que não têm por objetivo senão o bem; o homem encontra, em si mesmo, tudo o que é necessário para segui-las (...)

(...) os mais numerosos males são aqueles que o homem cria para si mesmo, pelos seus próprios vícios, aqueles que provêm de seu orgulho, de seu egoísmo, de sua ambição, de sua cupidez, de seus excessos em todas as coisas; aí está a causa das guerras e das calamidades que elas arrastam, dissenções, injustiças, opressão do fraco pelo forte, enfim, a maioria das doenças.

(...) Chega um momento em que o excesso do mal moral se torna intolerável, e faz o homem sentir o desejo de mudar de caminho (...)

A Gênese, Allan Kardec,
Cap. III, item 6, IDE Editora

Em vão buscaremos no mundo
A maneira simples de acertar,
Se não tivermos a bênção do amor
Portas adentro do lar!

Em vão buscaremos no mundo
A sublime graça da paz interior,
Se não cultivarmos na vida
A santa bênção do amor!

SUMÁRIO

1 - Troca de plantão 13
2 - A internação 27
3 - O caso de Delmiro 39
4 - Retorno ao passado 57
5 - O retorno de Delmiro 71
6 - O professor Calixto 85
7 - A gruta cigana 99
8 - O caso Julieta 111
9 - O reencontro 127
10 - Preparando o retorno 139
11 - Descendo à Terra 155
12 - Oito anos depois 161
13 - A renúncia de Santelmo 173
14 - Luta pela supremacia 185
15 - A destruição da gruta 195
16 - Finalmente a vitória 209

Capítulo 1

TROCA DE PLANTÃO

AMANHECIA EM NOVA AURORA, TAMBÉM conhecida como "cidade fraterna", uma colônia espiritual cujos habitantes, atendendo ao *amai-vos uns aos outros* do Senhor Jesus, davam início a mais um dia de labor. Os primeiros raios solares, como bênçãos divinas, derramavam-se generosos, iluminando a extensa planície onde a moderna cidade fora construída. Num curto espaço de tempo, todas as suas ruas e vielas estavam movimentadas, dando a ideia de uma enorme colmeia em atividade, assim como os extensos corredores do Hospital Jesus Nazareno.

Alguns minutos antecedendo às seis horas da manhã do horário terrestre, médicos, enfermeiros e o pessoal de apoio chegavam para mais um dia de trabalho, substituindo os companheiros que passaram a noite de plantão. No prontuário dependurado no leito de cada enfermo, as anotações feitas davam condições para que qualquer tratamento tivesse sua sequência normal e, caso algo novo e complexo surgisse, os colegas que iniciariam o plantão contariam com informações necessárias para que nenhum doente ou tratamento fosse prejudicado.

Quem iniciava o plantão diário abraçava fraternalmente o companheiro que passara a noite, desejando-lhe um sono reparador, e recebia, com carinho, votos de paz e de um plantão tranquilo.

Em todas as dependências do hospital, divina música suave se fazia ouvir, convidando todos a alçarem os pensamentos às alturas, buscando as belezas dos Planos Superiores.

***

Ao mesmo tempo que se mudava o plantão no Jesus Nazareno, uma caravana bem equipada saía de Nova Aurora rumo às zonas umbralinas com o objetivo de pesquisar, recolher e transportar para o hospital as entidades que apresentavam condições de serem socorridas. Era um trabalho cansativo e lento, devido às emanações doentias dos habitantes do local, e efetuado com certa morosidade, pois procurava-se atender, na medida do possível, os pedidos de parentes, pais ou filhos amorosos que, vivendo em outros núcleos, intercediam em favor dos entes queridos que se debatiam nas trevas daquele local inóspito.

***

Para a retirada de um habitante das trevas umbralinas, não era suficiente ter uma solicitação de auxílio, nem uma autorização para isso... Era imprescindível que o ser em questão tivesse condições de ser ajudado; ou que, pelo menos arrependido, quisesse buscar, por meio do esforço próprio, a sua reabilitação. De outra forma, como se diria em tempos idos: seria como **malhar em ferro frio.**

Esse critério, porém, não se aplicava aos seres dementados que, devido a tantos sofrimentos por estarem sob o assédio de obsessores cruéis, viviam como joguetes ao bel-prazer de mentes doentias. Esses, quando encontrados, eram catalogados e recebiam prioridade no atendimento.

***

A colônia, portanto, funcionava como zona de transição, pois recebia amorosamente os seres doentes e perturbados do umbral, tratava-os com carinho e, quando refeitos, se não estivessem integrados aos serviços da cidade ou não houvessem sido encaminhados aos círculos carnais, eram transferidos a outros núcleos, a fim de buscarem novos rumos às suas necessidades evolutivas.

* * *

Sob o comando de Francelino, dez caravaneiros e dois pesquisadores, sempre atentos, vasculhavam locais horripilantes, dos quais seria difícil fazer um minucioso relato. Enormes grutas deixavam transparecer, por suas fendas, cenas de selvageria que a mente mais privilegiada e dada a fantasias não teria a ousadia de conceber. Além das deprimentes cenas, que a olho nu qualquer entidade desencarnada poderia constatar, os gritos e blasfêmias eram de ensurdecer quem se atrevesse a sondar aquelas tristes paragens.

Em locais mais afastados, renteando áreas lodacentas e inundáveis, infelizes criaturas lutavam heroicamente para não serem sugadas por enormes atoleiros. Com certeza, esses seres, trazendo suas mentes eclipsadas por tê-las usado por longos períodos em atos hediondos praticados alhures, viviam a esmo, sem nenhuma noção de rumo, até que, arrependidos e com pensamentos renovados, buscavam o Todo Poderoso através dos caminhos do amor.

Em extensas galerias, onde a escuridão travava constante luta com as tochas bruxuleantes, ouviam-se gemidos abafados, dando para se ver vultos esqueléticos agrilhoados em fortes correntes, quadro semelhante ao dos nossos negros no tempo da escravidão. Enquanto as vítimas se debatiam em tristes estertores, verdugos de formas animalescas gargalhavam e regozijavam-se pelos castigos infligidos aos pobres seres.

Cenas e mais cenas angustiantes desenrolavam-se numa sequência assustadora; gritos e mais gritos sucediam-se ininterruptos... alguns rouquenhos a demonstrar o cansaço de alguém prestes a se extenuar sob o guante de inenarráveis torturas.

***

Após muitas horas de pesquisas e incansável busca, os caravaneiros estavam prontos para retornar à Cidade Fraterna... Cansados sim, mas felizes por terem conseguido retirar do umbral seres que se julgavam perdidos para todo o sempre.

O retorno do umbral até ao Hospital Jesus Nazareno era sempre mais lento e mais difícil do que a ida pela manhã, e isso se justifica levando-se em consideração dois fatores preponderantes: de manhã, os Abnegados Benfeitores traziam consigo os fluidos sutis e harmonizados do ambiente da colônia; na volta, por terem passado horas num ambiente saturado de influências negativas e por estarem conduzindo uma leva de entidades perturbadas e doentes, regressavam cansados, abatidos...

A consciência do bem a ser feito e o amor fraterno a externar-se na prática mais do que nas teorizações falavam mais alto e, assim, aqueles valorosos caravaneiros transferiam semanalmente, dos antros infernais do umbral para o doce aconchego de Nova Aurora, dezenas de seres que voltavam a sonhar novamente, longe dos terríveis pesadelos.

※※※

Naquela manhã, o doutor Paranhos, Espírito extremamente bondoso, diretor do hospital e governador da cidade, recebia a visita de Sóstenes, Eurico e Juliano, vindos de Alvaluz. Eram técnicos especializados no atendimento aos seres que faliram diante dos vícios em suas últimas existências terrenas. A presença de tão nobres Espíritos trouxera àquela casa consagrada ao bem um somatório de conhecimentos novos e importantíssimos na avaliação do estado mental de cada enfermo e, ao mesmo tempo, ensejava aos visitantes a oportunidade de conhecerem a formação daquele núcleo assistencial.

※※※

A referida reunião, que se efetuava num dos salões do Jesus Nazareno, transcorria num clima cordial, quando Paranhos, com seu verbo iluminado, falou:

— Queridos companheiros, a gentil presença de vocês me faz muito feliz e muito me honra. É muito importante, e para mim um prazer enorme, dividir conhecimentos, ainda mais quando sabemos que esses conhecimentos poderão, em nome de Jesus, ajudar a outras criaturas. Atendendo ao abnegado Sóstenes, que manifestou o desejo de conhecer a história do nascimento de nossa colônia, vou procurar esmiuçar as imagens que, em minha mente, ficaram gravadas através do tempo e, assim, os irmãos terão uma noção de como nasceu esta casa, podendo avaliar as lutas travadas com as trevas para que a obra fosse concretizada.

Enquanto Paranhos falava pausadamente, procurando, com seu magnetismo, dar vida às imagens pregressas, os três visitantes tinham, em suas mentes, as imagens plasmadas como numa tela e acompanhavam atenciosos os acontecimentos vividos por Paranhos no passado:

"Há tempos – começou Paranhos –, aqui estive em companhia de Aníbal Silva Ferraz e Ary Santelmo, queridos companheiros que a Bondade Divina colocou ao meu lado, ensejando a possibilidade da escolha desta área para a construção de Nova Aurora. Lembro-me bem de que foi necessário que solicitássemos a presença de uma **Falange de Defesa**, devido aos constantes ataques de Espíritos cruéis que não aceitavam nenhuma intromissão e, muito menos, que seres estranhos os desalojassem do lugar de que julgavam ser os únicos donos.

Imaginem as dificuldades que um agricultor encontra ao espalhar as sementes por entre pedras e espinhos; foi o que encontramos. Porém, as sementes do amor foram esparzidas, germinaram e, fortalecidas, estenderam seus frutos onde só existiam pedrouços e pontiagudos espinhos. Semeamos e conseguimos colher, graças a Deus. A luz, numa gruta escura ou na vastidão cósmica, sempre triunfará, pois é da vontade do Pai Celeste que Seus filhos de boa vontade andem sempre na luz.

A área escolhida para a construção da cidade era envolta em densas trevas, em emanações mefíticas[1], onde se ouviam gritos ensurdecedores oriundos das altercações entre algozes e suas vítimas. Foram necessários trabalhos intensos e perseverantes, muito amor à causa do Bem e desprendimentos incessantes por parte dos valorosos e incansáveis construtores, para que fosse possível transformar a antiga planície umbralina numa cidade.

Da construção da pequena vila, para que

---

[1] MEFÍTICAS: que têm cheiro nocivo; podre, pestilencial.

fossem alojados médicos, enfermeiros, todo o pessoal de apoio, vigilantes e outros trabalhadores necessários para manter a colônia em condições de ser habitável, partimos para a construção do primeiro prédio, o Hospital Jesus Nazareno.

Com o tempo, outros prédios necessários ao bom funcionamento da Colônia foram construídos, e hoje Nova Aurora é o doce pouso de milhares de criaturas que trabalham, corrigem-se de passadas faltas e crescem espiritualmente em nome do Senhor."

***

Ao acompanhar com atenção e emocionados a narração de Paranhos, os três visitantes puderam aquilatar os esforços despendidos e o altruísmo daqueles heroicos desbravadores.

Aproveitando um momento em que o narrador apanhava algo escrito em uma gaveta, Eurico perguntou:

— E onde estão os dois companheiros de empreitada?

E o diretor do Jesus Nazareno, com os olhos umedecidos por algumas lágrimas, talvez de saudades, respondeu:

— Santelmo desceu há alguns anos ao cenário terreno, com o firme propósito de resgatar das garras do vício um ente muito querido com quem conviveu em uma de suas últimas existências terrenas; e o nosso querido Aníbal, no momento, está prestando o seu valioso concurso numa colônia bem próxima daqui. A referida colônia está adaptando-se para também prestar socorro, em nome de Jesus, aos nossos irmãos do umbral.

— Pelo que dá para perceber – comentou Juliano –, nenhum ser que conheça os ensinos do Mestre Jesus e tenha consciência da realidade da vida fica sem dar a sua quota de cooperação aqui no nosso plano, ou até mesmo no abençoado solo do mundo terreno...

Paranhos, após enxugar furtivas lágrimas dos olhos, confirmou:

– Sim, meu querido irmão... Todas as ações objetivando o bem-estar e o crescimento espiritual de alguém recebem sempre o estímulo do Alto, e é assim que Deus age: **pelas mãos dos seres de boa vontade.**

– Ah! Como seria prazeroso conhecer os irmãos Santelmo e Aníbal – suspirou Juliano. – Ao ouvir seus nomes pronunciados com tanto carinho pelo querido irmão, tenho nos refolhos da alma a certeza de que já os conheço de longa data...

– É bem provável... Quando simpatizamos com nomes, ou até mesmo com fatos de pessoas desconhecidas na vida presente, pode ser que já estivemos vinculados a elas pelos santos laços do amor em existências passadas. Tudo pode ser esquecido, ou quebrado, menos os elos do amor santificante e puro.

Capítulo 2

A INTERNAÇÃO

Aproximando-se do Hospital Jesus Nazareno, Francelino comunicou-se com a enfermagem do local, solicitando preparo de acomodação para oito entidades em sofrimento: cinco conscientes e três desfalecidas e em completa inanição.

Imediatamente, Percílio distribuiu ordens a Emiliana e a Barreto, e duas turmas movimentaram-se no sentido de preparar alojamento e ficar de prontidão para o recebimento dos recém-vindos. Emiliana e mais dois companheiros dirigiram-se até um grande guarda-roupa, de onde retiraram lençóis, travesseiros e cobertores para vestirem oito leitos na Ala F, e Barreto e seus comandados, em número de quatro, saíram à frente, levando apetrechos para a retirada dos enfermos do veículo de transporte, a fim de que fossem conduzidos até ao quarto onde seriam acomodados com carinho.

Meia hora mais tarde, com a chegada da caravana à porta frontal do grande edifício hospitalar, além de Barreto e seus cooperadores, estavam presentes Paranhos, Sóstenes, Juliano e Eurico.

Com carinhoso desvelo, as oito entidades foram retiradas e transportadas até a enfermaria previamente preparada para que pudessem receber os primeiros socorros. Em companhia dos ilustres estagiários, o diretor do hospital acompanhou a internação dos pobres irmãos e, enquanto eram acolhidos cuidadosamente em cada leito, Paranhos comentava:

– É lamentável a condição a que se reduzem as criaturas quando se afastam ou ignoram as Leis de Deus! Condição que muito se assemelha à roupagem terrena, quando impregnada de graxas e nódoas, ou quando apresenta rupturas, ou enormes rasgões. Aqui chegam apresentando a avelhantada vestimenta perispiritual em frangalhos, devido aos vícios e excessos de toda sorte; tal qual náufragos resgatados após desditosa tormenta.

– É comum que os que aqui chegam, para serem recolhidos, não tenham noção do que lhes está acontecendo?

– Infelizmente, sim, Eurico – confirmou Paranhos. – No grande **mar da vida**, as criaturas descuidadas procuram deleitar-se com as coisas efêmeras, não se importando com as noções de rumo... Quando lhes sobrevêm as noites tempestuosas, perdem-se e, quase sempre, jogam a culpa no destino.

– É comum serem atendidas aqui entidades retiradas do umbral que foram detentoras do poder mundano?

– Sem dúvida alguma, Juliano. Essas, apesar de tentarem sobrepor-se aos demais, acabam sendo subjugadas pelas inteligências maléficas; depois de muito se debaterem nas trevas umbralinas, são trazidas para cá em estado de miséria. **O poder verdadeiro e absoluto, só Deus o tem.** As criaturas da Terra têm de estar cientes de uma coisa: **acima das culminâncias do poder mundano, existem o poder, a justiça e o incomensurável amor de Deus.**

※※※

Enquanto falavam, encarecendo a necessidade de a criatura harmonizar-se com as Leis do Criador, uma estridente gargalhada ecoou pela enfermaria, deixando enfermos e enfermeiros atônitos. Era um dos recolhidos naquela tarde, que, apesar de mostrar-se abatido, zombava do que estava ouvindo. Paranhos, a demonstrar serenidade no semblante e com extrema bondade, aproximou-se da entidade e procurou acalmá-la:

– Querido irmão, parece-me que existe discordância entre o que estamos falando e o que você pensa... Estou certo?

Com uma voz quase imperceptível, mas esforçando-se para contestar, a entidade sofredora falou:

– Sim. Você está certo... Discordo plenamente do seu ponto de vista. Fui, no mundo terreno, alguém poderoso... Hoje, encontro-me enfraquecido, mas hei de recuperar as minhas forças... Quando isso acontecer, voltarei a mandar... a dar ordens. O seu Deus, embora aceito desde tempos imemoriais, é muito passivo... Usam e abusam do Seu nome, explorando a crença da gentalha do muuun...

E a pobre entidade, perdendo totalmente as forças, desfaleceu... Paranhos, abrindo as mãos e movimentando-as em sentido longitudinal, aplicou-lhe passes, induzindo-a ao sono. Logo depois, comentou com os assistentes:

— Pobre e infeliz criatura... Tendo as facilidades do mundo, assenhoreou-se de conhecimentos que a recheada bolsa do pai custeou. Ingressou logo cedo no mercado de imóveis e tornou-se milionário ainda muito jovem. Fez-lhe falta, no entanto, a riqueza espiritual não recebida no lar, pois a grande fortuna deixada no mundo por ocasião de sua morte nem sempre foi conseguida de maneira honesta; até a data de hoje, esse pobre Espírito tem sido assediado constantemente pelos inimigos a quem prejudicou no mundo terreno.

* * *

Após o insólito incidente, Paranhos

convidou os amigos para visitarem as outras dependências do grande hospital. Maravilhados, os três não se cansavam de enaltecer tudo o que se lhes apresentava à frente: a organização, a paz reinante, a disposição dos compartimentos facilitando o acesso do pessoal de plantão, assim como dos doentes, por ocasião das internações.

– Deus do céu! Como é gratificante ver a dedicação com que são tratados todos os internos desta casa – comentou Sóstenes.

– E não poderia ser de outra maneira – explicou Paranhos. – Aqui em Nova Aurora, qualquer equipe, seja de médicos, enfermeiros ou pessoal de apoio, é orientada para dar o melhor de si em favor dos necessitados. Desempenhar qualquer atividade aqui requer um pouco mais do **usual do mundo**; além de se cumprir uma tarefa, tem que desempenhá-la com amor, com muito amor.

– Tudo isso é louvável e digno de elogios – comentou Juliano –, uma vez que, no estado evolutivo da humanidade, o objetivo do ganho vem sempre antes do empenho e do amor por aquilo que se faz. As criaturas ainda não entenderam que, quando se dedicam àquilo que fazem, transferem um pouco de si mesmas ao que produzem.

– Isso mesmo – concordou Paranhos. – Não podemos nos esquecer da Sublime Missão de Jesus há dois mil anos, em favor da humanidade. Nessa missão, o Mestre Amigo deu tudo de si, inclusive a vida. De igual modo, onde quer que estejamos, a exemplo do Cristo, temos de dar o melhor de nós.

***

Enquanto caminhavam pelos extensos corredores do hospital, o encarregado da ala masculina, onde eram cuidados os doentes mentais, acercou-se do grupo e, um tanto indeciso, pediu:

– Doutor Paranhos, posso lhe falar?

– Claro que sim, Adélio. O que houve?

– Delmiro aprontou de novo... Está sendo difícil contê-lo sem o uso dos passes de indução ao sono...

– Faça o seguinte, Adélio, transfira-o para o Pavilhão M e peça para o doutor Desidério falar comigo.

– Farei isso, querido irmão, obrigado e me desculpe por importuná-lo.

* * *

A visita pelas dependências do hospital chegou ao fim; depois de voltarem ao escritório, Paranhos comentou:

– Toda criatura distanciada da iluminação espiritual carregará ainda por um longo tempo as marcas caracterizantes dos desacertos vividos em sua caminhada. Ninguém caminhará livremente, sem obstáculos, se viveu espalhando tropeços no caminho alheio. É o caso de Delmiro...

— O caso dele é tão complicado assim? — perguntou Sóstenes.

— Sim. Aguardemos a chegada de Desidério, que o está tratando desde a sua internação, e então, pelos informes obtidos, teremos condições de avaliar todo o drama do infeliz irmão, e em que fase está o seu tratamento.

Dentro de poucos minutos, leves batidas na porta davam ciência de que Desidério chegara... Paranhos levantou-se, abriu a porta e, depois de abraçá-lo, mandou-o entrar. Após as apresentações, o diretor do Jesus Nazareno solicitou que Desidério se assentasse ao seu lado, informando-o de que os três visitantes estavam interessados em saber a real situação de Delmiro, pois tinham interesse em ajudar.

Desidério, com o semblante a demonstrar preocupação, falou:

— Ah! A situação do nosso Delmiro é

complicadíssima... Não tanto pelo processo enfermiço em si, mas pela sua estagnação nos angustiantes quadros mentais que faz questão de manter.

– Querido Desidério, o irmão teria condições e tempo disponível no momento para dar uma noção sucinta da origem de tanto sofrimento? – pediu gentilmente Paranhos.

– Perfeitamente, irmão... Mas antes de colocá-los a par dos incidentes que tanto infelicitam o irmão Delmiro Fontes, gostaria de agradecer, em nome do Senhor, aos bondosos irmãos por se prontificarem na ajuda ao nosso querido doente.

Fechando os olhos, certamente para relembrar o dia em que Delmiro foi recolhido e colocado aos seus cuidados, Desidério começou:

Capítulo 3

O CASO DE DELMIRO

"Há aproximadamente quatro anos, recebemos numa tarde um Espírito em deplorável situação, mais parecia alguém que, estando em adiantado estado de putrefação por ter ficado submerso por longos dias, tivesse sido resgatado após um terrível naufrágio. Ao examiná-lo de relance, qualquer ser com um mínimo de sensibilidade ficaria penalizado.

O infeliz, além da horripilante condição em que se encontrava, dizia palavras desconexas, indo da simples agitação até ao auge do desespero. Lembro-me de estar presente o nosso bondoso Aníbal Ferraz, que aconselhou interná-lo junto aos irmãos com desajustes mentais, no Pavilhão M.

Ele foi atendido com carinho e, em duas semanas, demonstrava uma visível melhora; já tinha outra aparência. Sua feição melhorara de aspecto, a cor esmaecida, cadaverizada, deu lugar a uma tez amorenada, típica dos habitantes de uma cidade praiana. Porém, seu estado íntimo ainda evidenciava os mesmos distúrbios; sua mente descontrolada e delirante descambava para os mesmos falatórios sem nexo.

Submetido ao tratamento de passes magnéticos e sonoterapia, pouco resultado se obteve, uma vez que se encontrava aprisionado aos liames criados por ele mesmo ao longo da vida, quando se entregou deliberadamente aos desatinos do sexo e do alcoolismo.

Resta-nos levá-lo agora ao passado por meio de suas próprias reminiscências, para que se reencontre e seja liberado das imagens que tanto o martirizam... Talvez, por meio de uma espécie de tratamento mais drástico, logremos êxito."

***

Desidério, médico extremamente dedicado ao serviço do bem e consciente de suas responsabilidades frente aos deveres cristãos, olhou tristemente para os companheiros e rematou:

– É esse o quadro, queridos irmãos... Bem pouco, ou quase nada, poderemos fazer sem levar Delmiro a confrontar a trama que deu origem aos seus padecimentos... Pelo que detectamos, ele sofre pelo passado, apesar de tê-lo bloqueado na mente. Fazê-lo lembrar-se, fará com que possa enfrentá-lo e aceitar o nosso auxílio.

– Estamos ao inteiro dispor do querido

irmão, se necessário – prontificou-se Sóstenes. – É só agendar o horário e a data, que de boa vontade nos associaremos a esse sagrado mister.

– Façam isso, queridos irmãos – concordou Paranhos –, pois muitos dos males que tanto afligem a humanidade somente serão extintos se o elixir amargo for sorvido a goles contínuos... Ou então, o enfrentamento do bisturi em complexas intervenções cirúrgicas, quando o doente esteja ainda recluso no corpo físico. Sem neutralizar o mal com o anteparo do amor, ninguém estará imune aos reflexos daquilo que causou aos semelhantes.

Aproveitando a grata oportunidade do momento, Desidério informou:

– Poderemos iniciar hoje mesmo... Espero que os irmãos queridos não se importem, pois só estarei disponível após o expediente normal. É algo que deve ser efetuado observando minúcias e fora do plantão, para que nenhuma emergência interrompa o trabalho em pauta.

– Tudo bem, doutor Desidério – aparteou Juliano. – Nós aqui estamos para servir... Reconheço de minha parte que, quando a criatura se vê devedora diante das Leis do Senhor, qualquer esforço extra significará santa oportunidade de aprendizado e ascensão.

※※※

Assim, naquela noite, as quatro entidades, imbuídas de amor e cheias de esperança, reuniram-se na sala de Desidério para um estudo detalhado da ficha de Delmiro, contendo os dados da última existência carnal. Sabedores dos pontos mais cruciantes que levaram Delmiro ao estado atual, dirigiram-se até o Pavilhão M, a fim de colocá-lo frente a frente com a própria consciência.

Separando-o dos demais, levaram-no à

sala contígua, onde, sob o magnetismo e o desvelo de Desidério e dos três estagiários, Delmiro relembrou o passado, deixando que os abnegados mensageiros vissem, através de sua mente, os ininterruptos e assustadores quadros que delinearam a sua história.

***

Outono, meados do século XX... O casario de uma das grandes cidades capixabas ostentava-se garboso, renteando as areias de belíssima praia.

Diante daquele local onde crescera, a mente de Delmiro, como que atraída por doces recordações da infância, fazia estampar-se em seu semblante algo de maravilhoso, dando-lhe um ar de felicidade e de alívio. No entanto, era necessário seguir adiante... Buscar os reais motivos que levaram um jovem daquela sociedade a cometer tantos desatinos.

Ao influxo magnético de Desidério e

de seus auxiliares, a tela mental de Delmiro deixava transparecer a fisionomia de alguém ainda jovem, de tez queimada pelo sol da praia, e com um largo sorriso no rosto.

De família rica e conceituada na cidade, era órfão de pai desde que nascera o irmão caçula. Delmiro contava, então, com oito anos de idade. A viúva, depois do doloroso transe por que passara, tomou as rédeas dos negócios e, com a ajuda de um irmão, as duas pequenas empresas continuaram num crescimento constante.

Nos dois últimos anos de seus estudos, Delmiro, quando bêbado, começou a se entregar a algazarras e a atos libidinosos, aproveitando-se de mocinhas inexperientes e conseguindo com isso o envolvimento com a justiça, só não sendo preso devido à intercessão endinheirada e também ao conceito de que desfrutava a família Fontes.

Era comum vê-lo com as mesmas más

companhias, e dificilmente voltava a casa sóbrio e sem ter aprontado alguma...

※※※

Através de sua mente agitada, as caridosas entidades sondavam facilmente seu estado febril, sedento de ingestões etílicas e, sob a sensação desenfreada, sua libido atingia as raias da loucura...

Ao retornar embriagado para casa em uma noite cheia de calor, encontrou a mãe acordada esperando por ele. Foi entrando de maneira atabalhoada e tropeçou no tapete da sala, estatelando-se no chão, e, de maneira gaguejada, foi dizendo à mãe:

– Qua... Qual é, coroa...? Não dormiu ainda só para me vigiar?

– Que bonito, hein, Delmiro?... Duvido que você chegaria a estas horas se seu pai estivesse vivo.

– Que... na... nada, velha. O co... coroa era ge... gente fi... fina.

E, para não alongar o sofrimento e a tristeza daquela hora, Cybele pediu que o filho se levantasse e fosse dormir.

A infeliz criatura, apoiando-se no que encontrava pela frente para não se esborrachar no chão, entrou em seu quarto, atirou-se na cama e dormiu até às onze horas do dia seguinte.

Levantou-se, foi direto ao lavabo e, depois de uma ducha morna, procurou recompor-se, penteando os cabelos desgrenhados, indo em seguida ao encontro da mãe e do irmão, que já se preparavam para o almoço.

– Bom dia, mamãe... Bom dia, maninho...

– Bom dia nada, Dedé. Levantei hoje com uma terrível dor de cabeça, e você deve saber o porquê – disse a mãe.

– O que é isso, mamãe...? Sou eu quem "enche o caco", e a senhora é quem fica com dor de cabeça?

– Não brinque, Delmiro, e preste bem atenção no que vou lhe dizer: da próxima vez que aprontar, vai ver o que vai lhe acontecer!

– Não esquenta, não, dona Cybele... Da próxima vez, juro que não vou cair, nem babar sobre você.

– Você devia tomar jeito, Dedé... Coitada da mamãe...

– Fique quietinho no seu canto, tampinha, que esse é um assunto de gente grande.

***

Nas noites seguintes, aquela infeliz criatura continuou no mesmo ritmo; não conseguia afastar-se dos "amigos" das noitadas e, muito menos, das "meninas", tão doidas quanto ele.

Às vezes, durante o dia, quando sóbrio, um leve remorso passava de relance pela sua mente atribulada; era a oportunidade que tinha de analisar as loucuras cometidas e emendar-se, porém, as sensações desenfreadas, misturadas com a alta ingestão de bebidas alcoólicas, que não conseguia evitar, dominavam-no por completo.

Por um longo tempo, o desventurado moço deleitou-se nos prazeres da carne e tentou aplacar a insaciável sede nas taças enganosas do vício dominador; ignorava o pobre que a satisfação desses desejos tresloucados transformar-se-ia, mais tarde, em terríveis pesadelos e em sua desgraça.

***

Um dos grandes empecilhos a dificultar a ascensão espiritual das criaturas é a falta de autodeterminação diante dos desafios da vida. Nenhum alpinista atinge o topo da montanha, nem as culminâncias da glória, sem um esforço constante.

Diante da necessidade de autoaperfeiçoamento ou, então, da eliminação de qualquer anomalia que nos infelicite, a determinação e a atitude são fundamentais.

Foi por essa razão que o Mestre advertiu: "Ninguém que lança mão do arado e olha para trás é apto para o reino de Deus".
– Jesus (Lucas, 9:62).

※※※

Dois meses passados, as noitadas sempre repletas de aventuras trouxeram àquela casa o gosto amargo de uma tragédia familiar.

Numa noite tempestuosa, quando trovões e raios constituíam uma ameaça a quem se atrevesse a permanecer fora do aconchego familiar, Delmiro demorava em demasia, e a pobre mãe, angustiada, não conseguia dormir... Carlinhos, o caçula, a cada relâmpago que clareava lá fora, atrás das grossas cortinas, cobria a cabeça e gritava à mãe...

Contudo, Cybele preocupava-se mais com o "filho desmiolado" do que com Carlinhos, mesmo porque, ela não ouvia os chamados do filho naquele tropel que o temporal fazia. Vendo que a mãe não aparecia, apavorado e tremendo de medo, o pobre menino levantou-se e a procurou, indo encontrá-la no alpendre a esperar por Delmiro.

Depois de quase uma hora de agonia, Delmiro apareceu... "Estava mais bêbado do que um gambá", como vulgarmente se diz. Entrou empurrando a mãe, derrubando-a na sala e dizendo impropérios. Cybele, sem medir as consequências, levantou-se rapidamente e estalou um bofete no rosto do filho, que se estatelou no chão. Delmiro, soltando o verbo naquilo que de mais baixo conhecia, levantou-se e enfrentou a mãe.

O desenrolar das cenas foi de grande brutalidade e de absurda desigualdade, pois, apesar de bêbado, Delmiro levava grande vantagem, já que Cybele era bastante franzina...

O pobre Carlinhos chorava e repetia continuamente:

— Para, Delmiro, você vai machucar a mamãe...

Mas o bebum estava tão fora de si que nem ouvia os gritos do irmãozinho. A pobre mãe, já arrependida por ter perdido o autocontrole e cansada, tinha pena de ver o apavoramento de Carlinhos, mas estava sendo subjugada pela força e pela loucura de Delmiro.

***

Sabe-se que, quando se está sob os efeitos do álcool, os atos que uma criatura venha a cometer serão sempre imprevisíveis... O amor, o respeito e a educação serão sempre substituídos pela violência.

***

Ao ver a mãe com a boca ensanguentada, o pobre menino atirou-se furiosamente contra o irmão, aplicando-lhe chutes sucessivos.

Ao sentir-se atacado por Carlinhos,

Delmiro apanhou uma estatueta metálica que se achava sob um móvel da sala e, usando-a como arma, bateu com toda força nas costas do irmão. O pobre menino soltou um angustiante gemido e caiu sobre o piso duro da sala.

O bebum, assustado, afastou-se, e Cybele, esforçando-se para controlar o pranto que descia abundante sobre o rosto, agachou, virou o filho com o rosto para cima e tentou erguê-lo, mas o pobre Carlinhos começou a gritar desesperadamente. Temendo removê-lo e causar, talvez, alguma lesão maior, deixou-o estendido no chão e ligou para um hospital pedindo ajuda.

Dentro de alguns minutos, chegou a ambulância, e o pobre menino foi internado com grande suspeita de lesão na coluna vertebral.

***

Decorrido um mês de uma cirurgia sem

sucesso, Carlinhos retornou ao lar, mas, agora, atado a uma cadeira de rodas, numa condição que teria de se acostumar e amargar pelo resto da vida; a pancada recebida do irmão deixara-o paraplégico.

Nem mesmo diante daquele infausto acontecimento, Delmiro melhorou. Ao contrário, agora se embriagava tentando esquecer a maldade cometida contra o caçula da casa.

Cybele, já cansada de relevar a insanidade do filho, resolveu mandá-lo embora, antes que algo pior acontecesse. Para isso, chamou-o para uma conversa franca na presença de um advogado e expôs-lhe a situação. Deu-lhe, a título de "mesada", uma enorme quantia, enorme mesmo, com a condição de que ele se transferisse para bem longe e não voltasse nunca mais; teria que trabalhar para se sustentar.

Depois daquele acordo entre ambos,

restou a Delmiro apanhar seus pertences mais importantes e despedir-se da mãe e do irmãozinho.

Esforçando-se para portar-se como um cavalheiro e senhor de si, tomou as mãos da mãe, beijou-as, e foi saindo sem se despedir do irmão. Cybele perguntou-lhe:

– Você não está se esquecendo de nada?

– De me despedir do Carlinhos? Não, não vou me despedir dele... Depois do que lhe fiz, não tenho coragem... diga-lhe apenas que eu o amo.

E o pobre e infeliz, com o coração ralado de dor, saiu à rua chorando desconsoladamente...

***

Delmiro, sob o magnetismo de Desidério e dos abnegados estagiários, agitava-se todo, permitindo que grossas lágrimas escorressem pelo seu macilento rosto, ao mesmo tempo em que gemidos angustiantes lhe escapavam da garganta...

Olhando para os companheiros, o bondoso médico, compadecido da entidade sofredora, esclareceu:

– Deixemos por hora o pobre irmão descansar... Depois de amanhã, à noite, recomeçaremos e o faremos recordar-se, para seu próprio benefício, dos delitos cometidos por ele em sua última jornada terrena.

Capítulo 4

RETORNO AO PASSADO

Dois dias após, Desidério, Sóstenes, Juliano e Eurico estavam a postos para dar continuidade ao tratamento de Delmiro Fontes. O pobre doente melhorara um pouco e deixava transparecer certa lucidez no que falava...

Instado a cooperar no tratamento, quis saber o porquê de estar rodeado por uma junta médica:

– O que vocês querem de mim?

– Calma, Delmiro, nós só queremos

ajudá-lo, mas para isso é necessário que coopere... Vamos, pense no tempo em que era um estudante de medicina. Pense na bela mansão onde viveu sob os carinhos maternos...

– Oh! Minha mãe?! Não...

E pôs-se a chorar convulsivamente... Desidério e os três companheiros intensificaram a aplicação de fluidos sobre o seu **centro coronário**, e Delmiro, já sob o magnetismo dos abnegados mensageiros, deixou fluir de sua mente as imagens a partir do dia de sua expulsão do lar materno.

***

Ao embolsar a polpuda mesada que a conta bancária de sua mãe prodigalizara, Delmiro procurou por Roseny, uma antiga parceira das noitadas festivas, nas quais a bebedeira entrelaçava as mãos com as mais descabidas orgias; propôs-se a levá-la até a Europa, onde poderiam recomeçar uma vida distante das pessoas, segundo eles, de "mentes retrógradas".

Ao ver o calhamaço de cédulas novinhas, a moça não pensou duas vezes, pois deixaria de vender o próprio corpo para sobreviver e, talvez, se conseguisse convencer o rapaz, poderiam montar uma casa noturna no velho mundo. Poderia, assim, sair da obscuridade em que vivia para tornar-se uma dama da sociedade.

Como se diz vulgarmente: "juntando-se a fome com a vontade de comer"; em menos de um mês, Delmiro e Roseny estavam desembarcando na Itália.

Em pouco tempo, uma casa, dentre as muitas já existentes, abria suas portas aos homens ávidos dos prazeres mundanos na velha Roma dos césares... Roseny, mais experiente, tomou para si a responsabilidade de escolher e contratar as candidatas a "damas da noite" e, assim, no final daquela semana de setembro, o Rose's Club estava sendo inaugurado.

***

Os pensamentos de Delmiro Fontes eram como antigas imagens em preto e branco, que iam se tornando vivas e coloridas à medida que avançavam em *flashback* ao passado.

Muitas das pobres meretrizes que se submetiam àquela vida desregrada e infame, para manter o emprego, tinham de aturar a pressão e o mau humor dos patrões; dele, pelo desatino cometido, que o fazia curtir um exílio forçado longe dos familiares, e dela, pelo simples prazer que tinha em perseguir e humilhar.

Nesse ínterim, nova personagem apareceu fortemente ligada à vida desvairada de Delmiro. Era Sofia, uma bela mulher que se sujeitava àquela vida para poder criar Margarete, sua filhinha de cinco anos.

Numa manhã de segunda-feira, aproveitando-se da entrada da faxineira, Sofia entrou e procurou por Roseny, expressando-se assim:

— Madame Roseny, desculpe-me... Ó meu Deus... Nem sei como começar...

— Pelo começo, ora essa... Não vai me dizer que está grávida?!

— Eu? Sim, estou... Sei que isso não podia acontecer, pois fomos alertadas quanto a esse problema. Vim até aqui implorar à senhora que me dê dois meses de licença... Nesse tempo, darei um jeito nessa minha situação, depois voltarei e, pode ter certeza, não acontecerá mais...

***

Ah, pobre Sofia, quão enganosa é a vida, e quão estreita é a visão que as criaturas têm das Leis do Criador! Será justo sacrificar um entezinho que está despontando para a vida, com a desculpa de ter de sustentar alguém? De quantos problemas futuros se livram os que lutam pela preservação da vida!

***

A infeliz Sofia "revirou terras e mares" e acabou conseguindo um empréstimo com uma parenta; arranjou um médico carniceiro e provocou um crime gravíssimo, **o aborto**. Queria se ver livre depressa daquele "estorvo", pois tencionava voltar ao trabalho... Precisava ganhar a vida, tinha uma filhinha para criar!

Porém, ao retornar um mês depois ao Rose's Club, teve a maior decepção de sua vida... Delmiro, com palavras frias e sorrisos de desdém, disse apenas:

– Sinto muito, Sofia. O seu lugar já foi ocupado por outra...

Sofia implorou, reclamou, protestou, porém Delmiro não se compadeceu de suas lágrimas... Vendo que a pobre teimava em permanecer implorando e não saía do Rose's Club, ele a empurrou violentamente, jogando-a fora do estabelecimento.

Chorando desconsolada, jurando vingança, a pobre andou de um lado para o outro até ao meio-dia e, na sua ignorância, não conseguiu encontrar melhor alternativa. Assim, atirou-se nas águas do rio, deixando uma dívida a pagar e a graciosa Margarete, sob os cuidados de tia Celeste.

De posse do triste incidente, as pobres meretrizes, amigas de Sofia, foram forçadas a mentir, dizendo que não a conheciam.

O corpo da pobre Sofia foi encontrado dois dias após, todo deformado, parte comido pelos peixes, sendo a infeliz criatura enterrada como uma simples indigente.

Na retirada do corpo pelos mergulhadores e agentes de polícia, muitos dos transeuntes e curiosos colocavam as mãos sobre a boca tentando controlar a vomição, mas nem todos conseguiam... A cena era de chocar e de deixar abaladas as mentes mais fortes.

***

Desidério, acostumado que estava nessas operações em favor das entidades sofredoras, mantinha-se firme, mas, notando os olhos dos estagiários rasos d'água, resolveu, a benefício dos companheiros e do próprio Delmiro Fontes, encerrar por hora, e dar continuidade na pesquisa numa outra data.

Ao encerrar aquele trabalho com uma oração endereçada aos Céus, Dr. Desidério deixou que seus olhos também se orvalhassem de lágrimas, mas de reconhecimento pela bondade do Pai Eterno, que sempre coloca, ao lado de qualquer sofrimento, o remédio que restaura as forças e propicia a verdadeira cura.

— Não se impressionem, queridos amigos – falou Desidério. – Entre o Céu e a Terra, existe ainda, infelizmente, uma infinidade de motivos para que muitas lágrimas sejam vertidas. Porém, sabemos que jamais alguém será esquecido pela bondade de Deus; no momento certo, a ajuda se fará presente.

– Confesso que me aturdi diante da cena dantesca – informou Juliano.

E os dois companheiros, um tanto sem jeito, concordaram... Desidério, então, aproveitou o momento para marcar a próxima reunião de ajuda a Delmiro e encerrou falando:

– A bem da verdade, somente um Espírito de escol, como o Cristo de Deus, tem condições de analisar, avaliar e socorrer com presteza... Nós somos apenas meros aprendizes!

* * *

Dois dias após, Desidério e os três cooperadores reuniram-se para dar continuidade ao tratamento de Delmiro Fontes. O pobre enfermo parecia mais calmo, embora algumas vezes acordasse aos gritos, pedindo para que Sofia fosse embora e o deixasse em paz. Quem sabe, o remorso atroz, devido ao delito cometido contra a pobre meretriz, ainda estivesse avivando-lhe a lembrança e, por isso, acordava aos gritos...

Após se sentarem em pares ao lado do doente, iniciaram o trabalho invocando o nome do Senhor da Vida, rogando bênçãos e luz para que conseguissem o resultado almejado, isto é, a completa recuperação de Fontes.

Sob o influxo da mão direita de Desidério sobre sua cabeça, Delmiro abriu os olhos, sorriu tristemente e perguntou:

— É preciso voltar ao passado novamente, doutor? Sofro tanto com isso...

— Sinto muito, Delmiro, a alternativa que existe é esta. Já fizemos de tudo e o resultado ainda não foi satisfatório. Fique tranquilo e confie em Deus, tudo vai dar certo.

Delmiro fechou os olhos permanecendo imóvel, enquanto Desidério e os três estagiários, com as mãos sobre sua fronte, induziram-no a retornar em pensamento à velha Roma.

Na sequência de imagens, vistas a partir da mente do enfermo, dava-se para notar um ambiente erótico, de libidinagem, de devassidão...

Em suas telas mentais, que exibiam as cenas do passado, Delmiro deixava transparecer uma inquietude sem par... É que, dentre os frequentadores do Rose's Club, existia alguém que tirava a sua calma e açulava o seu doentio ciúme. Tratava-se de Domênico, um italiano bem-apessoado, bem trajado, com uma fala macia e sorriso nos lábios. Desde a primeira vez em que ali estivera, conquistara a simpatia de Roseny, e isso deixava Delmiro furioso.

Dançarinos aos pares, quase todos embriagados, dançavam sob o ritmo da tarantela enquanto Roseny e Domênico, de mãos dadas, conversavam baixinho num canto da sala. Delmiro, no entanto, curtia uma de marido traído e não via a hora do término da função para acertar os ponteiros com a sócia e amante, pois não se casara com ela.

Assim que o último freguês saiu, Delmiro segurou fortemente Roseny pelo braço e a arrastou para um dos quartos do bordel. Olhando-a firmemente nos olhos, perguntou:

— O que você está pretendendo, desgraçada? Porventura, esqueceu-se de que eu a tirei daquela vida de misérias?

— E daí? A nossa casa só vai indo bem graças ao meu esforço... Você não tem ideia de como é difícil lidar com essa gente.

— Lidar é uma coisa... Agora, enamorar-se de um deles, passando a noite toda ao seu lado, é bem diferente.

— Olha aqui, Dedé...

— Cale-se e não me chame assim... Não lhe dou o direito de me chamar como mamãe o fazia...

— Tudo bem, senhor Delmiro Fontes, faz muito tempo que você não me procura mais como mulher... Também sou gente, entendeu? Creio que você anda se refestelando com alguma de nossas meninas e, por isso, não mais me procura.

As imagens que se seguiram, relembradas pelo Espírito, em transe hipnótico, demonstravam que não apenas um, mas vários foram os casos de Fontes com as meninas do Rose's Club.

As palavras de Roseny, ditas em tom áspero, deixaram Delmiro exasperado, e ele, como um possesso, gritou:

– Ora, cale essa sua boca, sua vadia...

E deu-lhe tremenda bofetada no rosto, deixando-a em prantos... Dali, Delmiro foi para seu quarto, trancando-o, e tentou dormir, mas não conseguiu. A lembrança da bela casa onde nasceu, da mordomia perdida, da praia cheia de gente amiga... Tudo isso fez com que se arrependesse de ter ligado sua vida à daquela mulher vulgar.

No dia seguinte, Roseny acordou seu

sócio com fortes pancadas na porta... Ela, tremendo de raiva, mordiscando os lábios, furiosíssima, fê-lo levantar-se debaixo de um estardalhaço. Abrindo a porta do quarto, ele quis saber o porquê de tanto barulho, e Roseny disse que precisava se arrumar, pois iria sair e seu estojo de maquiagem estava ali naquele quarto, que também era seu.

Rememorando as cenas do dia anterior, Delmiro gritou:

— É, vai se encontrar com ele? Só pode ser isso...

— E se eu for, qual é o problema? Nós apenas somos sócios; você não é o meu marido. Não tem o direito de me proibir de nada...

Nesse momento, a faxineira chegou e os dois se aquietaram. Ele a deixou entrar para se maquiar e saiu para a rua, buscando um bar a fim de fazer o seu desjejum.

Capítulo 5

O RETORNO DE DELMIRO

Após tomar um copo de leite, Delmiro retornou ao seu aposento, esticou-se num sofá e começou a rememorar o seu tempo de moço nas saudosas tardes capixabas... Tardes quentes, praia, mulheres lindas e cervejinha gelada. Era tudo o que ele mais queria agora... Fugir do suplício em que se tornara a sua vida ao lado daquela megera.

De repente, num lampejo, um pensamento passou-lhe pela cabeça: sua volta ao Brasil. Por que não? Sua vida ao lado de Roseny tornara-se um inferno...

Sem detença, levantou-se, apanhou na escrivaninha uma caneta e um papel e escreveu uma carta a Osmar, o seu melhor amigo e colega da faculdade. Na detalhada carta, procurou sondar, de maneira velada, tudo o que estava acontecendo com sua família, principalmente com sua mãe. Pedia desculpas ao amigo por importuná-lo, dizendo-se sem jeito de se dirigir à mãe, uma vez que partira para a Itália brigado com ela.

Assim que terminou a carta, colocou-a num envelope, indo ao correio para postá-la. Voltou para casa assaz preocupado, pensando numa maneira de desfazer a sociedade com Roseny; porém, não poderia contar-lhe nada sobre o que pretendia fazer...

Após o retorno da sócia e, agora, inimiga declarada, procurou-a e expôs-lhe o que tinha em mente:

— Precisamos conversar, Roseny, e, por favor, com calma. Não vamos deixar que a desavença de ontem estrague o resto de nossos dias.

– O que você quer, Delmiro? Fale logo, que não estou para muita conversa...

– Estou seriamente interessado em desfazer a nossa sociedade.

– Porventura, você tem dinheiro para comprar a minha parte? Por mim, eu continuo aqui... Não pretendo me desfazer de nada – disse, asperamente.

– Deus me livre... Não aguento mais esta vida. Eu gostaria que você ficasse com a minha parte. Pense bem no assunto e me dê uma resposta.

***

Algumas semanas depois, Delmiro recebeu a resposta da esperada carta. Trancou a porta de seu quarto e rasgou o envelope de qualquer jeito, devido à agitação em que se encontrava no momento.

A carta bem escrita pelo amigo, e que

chegara a suas mãos, não apontava nada de anormal, pois o verdadeiro motivo de sua partida para a Europa somente ele e Cybele tinham conhecimento. A carta dizia que, após sua partida, sua mãe ficara muito doente e, juntamente com uma empregada e Carlinhos, passou quase um ano em tratamento em Buenos Aires, onde, para compensar a sua ausência, adotou um menino que já estava com cinco anos de idade. Dizia também que os negócios da família estavam em franco crescimento, pois se falava na construção de uma terceira unidade fabril.

Delmiro fechou os punhos e, elevando-os acima da cabeça, gritou:

— Urra, vou voltar para o Brasil.

Nessa altura dos acontecimentos, Delmiro e Roseny já sabiam o valor do Rose's Club, pois tinham feito uma avaliação com um corretor imobiliário. Para que a transação fosse efetivada, faltava apenas a palavra de Domênico, que recebera de Roseny uma proposta de sociedade. Domênico, diante da proposta feita por Roseny, ficou muito interessado, porém, não tendo a quantia suficiente para pagar a parte que caberia a Delmiro, resolveu levantar o restante por meio de um empréstimo bancário.

Cinco dias após, Delmiro foi convidado a comparecer a um Cartório pela manhã, a fim de receber os 50% a que tinha direito e assinar o contrato de compra e venda do Rose's Club... Assim que assinou o contrato e recebeu o pagamento, como um bom cavalheiro, apertou as mãos de Roseny e Domênico e saiu direto para uma agência de viagens, pois era seu desejo retornar, se possível, naquele mesmo dia ao seu torrão querido.

Assim, Roseny, Domênico e o Rose's Club com suas meninas espevitadas ficariam para trás... À medida que o avião cortava os ares, essas lembranças estavam também fadadas a diluirem-se no tempo e ficarem para trás.

* * *

Já era noite quando o avião aterrissou em solo brasileiro. O desejo, o primeiro impulso de Delmiro, foi o de aproximar-se de sua antiga casa, porém, o bom senso o deteve. Seria arriscar demais, pois não sabia qual a reação, nem se seria recebido por sua mãe. Assim, contratou o serviço de um táxi e pediu que o levasse a um hotel.

No hotel, tomou um banho caprichado, tentando relaxar-se e descansar da viagem, mas tudo em vão... Seu coração batia a mil por hora, e suas emoções, mescladas a tantas dúvidas, não o deixavam em paz.

Sem ter um pingo de sossego, andou pelo quarto como uma barata tonta e, depois, pediu o jantar. Após saborear o tempero brasileiro, voltou para o quarto e esperou até às vinte e três horas, quando, então, resolveu colocar em ação o desatinado plano que tinha em mente.

Do hotel, desceu até a praia e lá ficou por um longo tempo ouvindo o marulhar das ondas, depois, rumou para sua antiga residência, imaginando pular o muro e entrar desapercebidamente...

Rodeou a bela mansão, buscando os fundos, pois era o local onde existia menor claridade. Esforçando-se, conseguiu agarrar o alto do muro e, com isso, pôde entrar sem maiores dificuldades nas dependências da moradia.

Seu intento era chegar a casa, subir até a sacada e poder ver o irmão que ganhara por meio da adoção, pois tinha vontade de conhecê-lo. Porém, não notou que dois enormes cães já o tinham farejado e só esperavam a sua aproximação para atacar. Quando percebeu os dois ferozes animais à sua frente, tentou correr, mas já não teve mais tempo de fugir... Atacado pelas costas, caiu e tentou lutar, mas era impossível vencê-los. Com os braços sangrando e curtindo dores horríveis, pedia em pensamento: "Meu Deus, ajude-me, não me deixe morrer sem ver minha mãe e meus dois irmãozinhos queridos".

Os cães, bem treinados para a vigilância noturna, não davam tréguas... Mesmo com a chegada do guarda-noturno, não pararam. Com bastante esforço e com a distração dos cães, Delmiro levantou-se, tentando fugir, mas recebeu um tiro, quase à queima-roupa, do guarda que, assustado e achando que seria atacado pelo suposto bandido, disparou a arma. E Delmiro desabou ao solo.

Rufino, o empregado de Cybele, ao vê-la chegando, com o filho mais novo, desabafou, assustado:

– Desculpe-me, senhora, tive de atirar, pois o bandido partiu para cima de mim.

– Acenda a lanterna, Rufino! Vamos ver quem é o infeliz.

Acesa a lanterna, Cybele deu um enorme grito e por pouco não desfaleceu ao reconhecer no meliante o seu filho Delmiro.

O pobre infeliz, nos estertores da morte, vendo sua mãe e seu irmão adotivo à sua frente, sussurrou:

– Perdoe-me, mamãe, não vim para roubar... Eu só queria revê-la, e rever também o irmão que agredi um dia, e também conhecer o meu novo irmão...

E com o olhar direcionado ao meigo rosto da criança, foi fechando os olhos cheios de lágrimas, e despediu-se deste mundo de maldades e ilusões!

Cybele Fontes, por sua vez, também com os olhos inundados de lágrimas, disse:

– Vá em paz, meu filho... Há muito já o perdoei...

✲✲✲

O gemido de angústia que, um tanto

sufocado, escapara da boca de Delmiro, dentro da sala de operações magnéticas, deixou os auxiliares de Desidério desconcertados. Segundo eles, jamais presenciaram cena tão triste...

Considerando concluído o trabalho de ajuda ao pobre Espírito, o Dr. Desidério chamou-o pelo nome, e Delmiro Fontes, recobrando a lucidez, falou:

— Ela me perdoou, doutor... Mamãe me perdoou...

Desidério, feliz, com os olhos lacrimejantes, alçou seus pensamentos ao Alto e agradeceu ao Senhor da Vida:

— *Senhor Deus, de amor e bondade, as nossas percepções e conhecimentos são limitados demais para avaliar o que temos recebido de Vossa grandeza. Na Terra, os que estão acordados para a realidade da vida agradecem dizendo: Deus vos pague... Os que seguem as convenções do mundo dizem:*

Obrigado... Os insensíveis não agradecem, pois se acham merecedores... Eu, em minha pequenez, como agradecê-Lo? Perdoai as minhas faltas e ajudai-me, Senhor. Que eu possa trabalhar sem esmorecer e que, um dia, tenha a condição do devedor que reconhece resgatada uma pequena parte dos seus débitos.

Que assim seja, Senhor!

***

Logo pela manhã do dia seguinte, Delmiro recebeu a visita do Dr. Desidério e já se encontrava bem mais disposto, e com certo brilho no olhar. O bondoso médico, já acostumado a presenciar a transformação que ocorre no íntimo daqueles que se livram de traumas na consciência, perguntou-lhe:

– Como vai, Delmiro? Está se sentindo melhor?

– Graças a Deus, doutor. Dormi feito uma pedra esta noite; nada de insônia nem de pesadelos. Só de saber que mamãe me perdoou tirei um peso de cima de mim... Estou bem mais tranquilo.

– Ótimo, Delmiro. Qualquer resquício de culpa em nossa caminhada é um sinal de alerta reclamando ajuste. No mundo físico, para extirpar do corpo humano um tumor maligno, não basta acionar o bisturi e retirá-lo... É necessário constatar sua localização e dimensioná-lo para, então, ter condições de se fazer a retirada. Foi o que fizemos: sua enfermidade, localizada na mente, tinha algo a ver com o seu passado; então, o levamos, pela hipnose, ao encontro das amargas lembranças desse passado, e você, por ora, conseguiu desvencilhar-se daquelas cenas angustiantes.

– Desculpe-me, não entendi, doutor. O que vem a ser esse "por ora"?

– Eu explico, Delmiro... O fato de se aceitar desculpado, ou pedir desculpas, não absolve ninguém... O arrependimento funciona como gotas medicamentosas, apenas aliviam as dores... Porém, quando nos comprometemos diante das leis da vida, lesando alguém, podemos estar certos de que estamos lesando a nós mesmos, e isso tem de ser corrigido.

– Isso quer dizer que tenho de reparar o mal que causei aos meus familiares...

– Sim. E também às demais pessoas prejudicadas por você em sua última existência.

– Meu Deus... Como é triste reconhecer-se devedor e sentir-se impotente para resgatar essas dívidas!

– Calma, meu querido irmão. Deus não exige pressa em nossa caminhada; temos a eternidade pela frente... Porém, é necessário que tenhamos consciência de que os minutos que passam jamais voltam!

Capítulo 6

O PROFESSOR CALIXTO

Delmiro Fontes, circunspecto, meditativo, olhar alongado, parecendo sondar cenas distantes, disse distraidamente:

— Pois é... Preciso corrigir tantas coisas, mas não sei como nem por onde começar...

— Fique tranquilo, meu filho. Quando nos munimos de boa vontade, dificuldade alguma obstará a nossa marcha. Aquele que pretende fazer uma longa viagem tem que avaliar tudo; nenhum item deve ser esquecido, caso contrário, poderá precisar de coisas julgadas sem importância.

– O senhor está querendo me dizer que vou ter de voltar brevemente para o mundo dos homens?

– Sim, sem dúvida alguma, Delmiro. Débitos contraídos no mundo terreno devem ser corrigidos no mundo terreno. É o mesmo que o retorno à antiga classe por repetência, nas escolas terrenas... Voltando para a mesma classe, tem-se a oportunidade de entender o não entendido, reaprender as regras básicas e refazer tantas lições esquecidas.

– O que, então, devo fazer?

– Já conversei a seu respeito com o Professor Calixto. O nobre irmão ministra cursos de preparação para quem precisa matricular-se na escola do mundo; assim que o irmão se sentir disposto, eu o conduzirei pessoalmente e o apresentarei ao abnegado professor.

– Creio que já estou suficientemente

preparado para esse aprendizado, doutor Desidério. Assim que o doutor puder me acompanhar, estarei às ordens...

– Ótimo, Delmiro, ótimo... Amanhã cedinho, passarei por aqui. Continue com essa disposição. Todo o esforço empregado em nosso autoaprimoramento redundará em incontáveis benefícios para nós mesmos. Até mais, e fique com Deus.

***

No dia seguinte, faltavam uns quinze minutos para as sete horas, horário da Terra, quando Desidério adentrou a enfermaria onde estava internado Delmiro Fontes. Após cumprimentá-lo, vendo em seus olhos uma incontida ansiedade para iniciar os estudos, perguntou:

– Como é, Delmiro, sente-se bem e disposto a acompanhar-me?

– Estou bem, doutor, e não vejo a hora de começar esse estudo, que fará com que me distancie das horas amargas pelas quais passei...

— Vamos então, meu amigo. As resoluções que visam ao nosso adiantamento espiritual não podem esperar... Vamos ao encontro do pão que alimenta a alma.

✳✳✳

O prédio destinado aos estudos foi alcançado em poucos minutos e, enquanto era aguardado o nobre professor, que atendia a uma jovem senhora, Delmiro falou:

— Nossa! Quando o senhor disse que ia me apresentar ao professor Calixto, imaginei-o um senhor de mais idade, um ancião...

Desidério, sorrindo, amavelmente explicou:

— No mundo dos Espíritos, o tempo tem outro significado, meu caro. Calixto é um Espírito, podemos assim dizer, calejado no mister de ensinar... Em diversas existências, vem aliando a teoria que ensina à prática que enobrece, transformando, dessa maneira, a sua vida numa grande missão.

Assim que Calixto terminou o atendimento a Leonor, veio sorridente ao encontro de Desidério e Delmiro Fontes. Após abraçá-lo, Desidério apresentou o novo aluno, falando-lhe por alto de sua necessidade de um breve retorno ao mundo terreno.

Calixto, como se fosse antigo conhecido de Fontes, abraçou-o, afagando-lhe levemente os ombros, e falou:

– Seja bem-vindo, Delmiro. Tudo o que me for possível passarei de bom grado a você... Mas, com certeza, você já ouviu falar que, **quem faz o bom professor é o esforço do aluno...**

– Vou me esforçar bastante, professor; sinto uma necessidade imensa de aprender a me conduzir. Até a data de hoje, só consegui complicar a minha vida, e a dos outros também...

— Não se desespere, Delmiro. Quem não errou nas estradas do mundo? O importante é tomarmos conhecimento desses erros e envidarmos o melhor de nossos esforços para corrigi-los e, ao mesmo tempo, esforçar-mo-nos ao máximo para que não haja recaídas.

— Desculpem-me se interrompo o diálogo entre professor e aluno – disse Desidério –, mas o dever me chama. Até mais tarde, Delmiro, e obrigado por tudo, Calixto.

Assim, o Dr. Desidério voltou aos corredores do Jesus Nazareno, e Calixto, conduzindo Delmiro, entrou com ele, como se fossem dois velhos amigos, a uma enorme sala, onde perto de cento e cinquenta criaturas esperavam pelo início das aulas.

Calixto, gentilmente, acompanhou Delmiro até um lugar vago, depois subiu até uma espécie de palco, cumprimentando a todos, e apresentou nominalmente o novo aluno da turma:

— Um bom dia a todos. Que o bondoso Pai Celeste nos abençoe, dando-nos a oportunidade de aprender um pouco mais nesta manhã. Os irmãos notaram que entrou em minha companhia mais um aluno... Trata-se do nosso querido irmão Delmiro... Delmiro Fontes, que, como vocês, precisa retornar às paragens do mundo físico e, para tanto, decidiu aprender como se comportar diante dos acontecimentos do dia a dia da Terra.

A atenção dos alunos foi dirigida até a figura de Delmiro e, numa só voz, disseram:

— Seja bem-vindo, Delmiro...

O carinho demonstrado pelos integrantes daquele curso fez com que Fontes se sentisse mais à vontade e mais encorajado a enfrentar os desafios que toparia pela frente.

Calixto, à maneira do professor experiente e amoroso diante de crianças sequiosas de conhecimento, começou o estudo da manhã narrando o seguinte acontecimento:

"Certo dia, ao encontrar uma criança ao longo de uma estrada, um sábio lhe fez a seguinte pergunta:

– Menino, você quer uma laranja?

E o garoto, mais que depressa, respondeu:

– Quero sim, senhor...

E o respeitável ancião deu-lhe a laranja... O menino a apanhou com os olhinhos brilhando de contentamento. Porém, querendo sondar até aonde ia a ambição da criança, o sábio novamente lhe perguntou:

– E, então, menino, quer mais uma...?

– Sim, senhor, eu quero...

O sábio apanhou mais uma de sua sacola e deu à criança... O garoto apanhou a fruta com a outra mão e continuou com o olhar fixo na sacola de laranjas que o sábio trazia a tiracolo. O velho sábio pensou consigo: "Agora, vou testar a capacidade dessas duas mãozinhas e também a inteligência contida nessa cabecinha". E perguntou novamente:

– Você aceita mais uma laranja, menino?

– Se o senhor me der mais uma, eu aceito...

O sábio, ansioso para ver o comportamento do menino diante da primeira dificuldade, deu-lhe mais uma laranja. E o resultado foi catastrófico: **O garoto, ao pegar a terceira laranja, deixou cair uma; suas mãozinhas eram pequenas demais para segurar duas ao mesmo tempo!"**

Calixto, depois de relancear, com olhar percuciente, os efeitos que sua história causou, prosseguiu:

– Em nossa milenar caminhada pelo mundo, temos nos portado como o garoto diante do velho sábio. Sempre desejamos obter tudo com facilidade; ter de tudo e sem fazer um mínimo esforço. Não que seja proibido aceitar de alguém alguma coisa dada de bom coração... O problema consiste justamente em querer tudo de "mão beijada", sem despender esforço algum para conseguir o que se quer.

Não basta querer... É necessário escolher o que se quer e lançar-se com afinco, sem vacilar, na concretização desse querer. O trabalho, a sequência de esforços, deve anteceder a vitória. Quando almejamos algo difícil, distante das nossas atuais possibilidades, claro está que essa conquista será mais demorada, mas nem por isso devemos desistir; só não atingirá seus objetivos quem achar que não vale a pena lutar.

Estamos, através dos séculos, numa luta contínua e diária... Partimos todos do mesmo princípio e com o mesmo objetivo: **de** espíritos ignorantes, sem conhecimento algum, sem noção do bem e do mal, **para** sermos, um dia, criaturas espiritualizadas e felizes, mesmo que isso demore muito, muito tempo.

As criaturas da Terra, apesar do convite ao estudo e à prática do Evangelho de Jesus, pouco sabem sobre o porquê de nossa estada neste mundo. Muitos usufruem de tudo: do ar que respiram, da água que lhes mitiga a sede, do alimento, originado pelo esforço de braços alheios, e continuam indolentes como sempre.

Uma existência na Terra é algo que não se pode desperdiçar. A bondade do Criador coloca-nos, por ocasião do renascimento, em braços amorosos no doce aconchego do lar... Meses após, sob os cuidados maternos, damos os primeiros passinhos e aí, então, começamos a nossa caminhada.

Nas escolas da Terra, professores atentos nos ensinam a exteriorizarmos, por meio da escrita, os nossos pensamentos e a calcularmos valores; porém, somente os valores transitórios do mundo... O Espírito sempre fica em segundo plano. Logo na juventude, as criaturas procuram o primeiro emprego, muitas vezes, para satisfazer a vaidade que a moda incita; não se dá o devido valor ao trabalho... Depois, os corações se enamoram e, num clima de encantamento, sedentos de amor, buscam a afinidade de alguém para lhes compartilhar os passos; vem o casamento, os filhos, e a luta se desdobra...

Porém, isso não é tudo... Muito embora a manutenção do corpo físico seja premente e necessária, pois é por meio dela que temos condições de continuar lutando, o que as criaturas ignoram e não fazem questão de aprender é que o corpo é como um lampião que, para ser útil, precisa de um pavio embebido em combustível. Isso equivale a dizer que o nosso corpo é o lampião, o pavio é o nosso Espírito, que só será luminoso se usarmos o combustível do amor.

A pequena história que nos serviu de tema é bastante significativa: nós somos como aquele menino diante de Deus. Ele tem tanto a nos oferecer, e nós, em nossa pequenez, somos incapazes de receber tantas dádivas...

Acordemos para a realidade da vida e busquemos o nosso crescimento espiritual; só assim, num crescer constante, conseguiremos um dia chegar à morada dos Bem-aventurados!

Capítulo 7

A GRUTA CIGANA

AO VOLTAR ÀS SUAS ATIVIDADES JUNTO aos enfermos do Jesus Nazareno, Desidério foi informado, pelo enfermeiro Dantas, que Paranhos esteve à sua procura.

– Tudo bem, Dantas, obrigado. Vou agora mesmo procurá-lo.

Um minuto após, Desidério estava justificando a sua ausência, pois tivera que encaminhar um dos enfermos ao professor Calixto e, aproveitando-se do momento, detalhou informes sobre a recuperação de Delmiro Fontes.

Paranhos, satisfeito com o resultado do trabalho levado a cabo por Desidério e sua equipe, comentou:

— Desidério, é justamente sobre um dos membros de sua equipe que preciso lhe falar:

— Algum problema, doutor Paranhos?

— Não, fique tranquilo. Trata-se de um pedido verbal de Sóstenes. Ele gostaria de acompanhar por uns tempos a equipe de resgate nas incursões às densas trevas. Não dei o sim porque precisava falar com você, pois ele esteve na sua equipe empenhado voluntariamente no caso Delmiro Fontes.

— Fico feliz com o interesse de Sóstenes em querer acompanhar a equipe dos caravaneiros; isso demonstra que temos ali alguém que se interessa pelo sofrimento alheio. Pode aceder-lhe ao pedido, doutor Paranhos. Sóstenes merece e, além do mais, será de grande valia à equipe de Francelino.

***

No dia seguinte, a equipe de Francelino contava com a simpática presença de Sóstenes, que não escondia seu espanto frente às horripilantes cenas a se desenrolarem à frente da caravana. Eram vultos disformes, que grunhiam quais animais ferozes, e gritos angustiantes de almas atormentadas por aqueles ermos sem fim. Os abnegados caravaneiros, no entanto, seguiam tranquilos como se já acostumados estivessem com tudo aquilo.

Ao chegarem num local determinado, Francelino, consultando uma relação, disse:

– A última vez que pesquisamos o paradeiro de Julieta, ela foi vista nas imediações da gruta cigana... Atendendo ao pedido de sua mãezinha, que trabalha em planos mais elevados, o nosso querido diretor solicitou-nos um maior empenho no sentido de sensibilizá-la, para que seja possível a sua retirada do antro em que se encontra. Naquela ocasião, Julieta já estava quase aceitando acompanhar-nos, porém, a investida de terríveis obsessores impediu-nos a ação.

Sóstenes, boquiaberto ante a narrativa de Francelino, perguntou:

— Não foi possível intervir com a equipe de resgate para sustar a arremetida dos irmãos das trevas?

— Poderíamos tentar e, com certeza, conseguiríamos... No entanto, pude notar certa indecisão por parte de nossa querida irmã... Ela, que sempre foi apegada, enquanto no mundo, aos deleites das paixões doentias, preferiu continuar ligada aos antigos companheiros de outrora. Assim, nada pudemos fazer; o livre-arbítrio de cada ser tem de ser respeitado.

O chefe da expedição, o experimentado Francelino, dividiu os caravaneiros em três turmas e deu a seguinte ordem: quem encontrasse Julieta deveria comunicar-se com os demais sem tomar nenhuma iniciativa.

***

Francelino, na companhia de Sóstenes e de mais dois caravaneiros, seguiu em frente, rumo à referida gruta; as duas turmas restantes procuraram contornar a pequena elevação, onde pequenas grutas eram formadas por escavações em fendas multiformes.

À aproximação de Francelino e de seus companheiros, houve um grande rebuliço dentro da caverna escura. Um Espírito de aspecto horrível assomou-se à entrada e gritou:

– Alto lá... Não se aproximem, ou então experimentarão a ira e a força de Igor. Vocês estão invadindo meu território, afastem-se...

Francelino, sem perder a calma, disse mansamente e em tom fraternal:

– Acalme-se, Igor... Não queremos encrencas. Estamos aqui a pedido de Rosalina, procurando por Julieta. Você a conhece? Sabe onde podemos encontrá-la?

Embasbacado, o brutamontes esqueceu-se por um momento da valentia de antes e, gaguejando, falou:

— Não co... conheço ninguém com esse nome, nem pretendo conhecer... Saiam daqui.

Francelino sinalizou com as mãos e movimentou-se para a retirada, porém, Sóstenes disse, num sussurro:

— Por favor, esperem...

Todos os olhares se voltaram para a direção da entrada da gruta e notaram o aparecimento de um vulto de mulher usando trajes esquisitos... Usava vestido longo, com cores berrantes, mais parecia uma descendente espanhola toda adornada para uma dança típica. Sóstenes, com sua acuidade visual mais apurada, pôde ver o que os outros não viram...

A estranha figura foi saindo vagarosamente da escuridão da caverna e perguntou:

— Em nome de quem vocês estão procurando por Julieta?

— A pedido de Rosalina – disse Sóstenes.

E o pobre Espírito, parecendo imantado às paredes da gruta, pôs-se a chorar convulsivamente...

Ali, naquela gruta, espécie de prisão e antro de abomináveis cenas de selvageria, onde incontidas lágrimas mesclavam-se a costumes desenfreados, dava-se a impressão de haver uma descontinuidade no tempo; parecia que tudo parara naquele momento... Julieta, imóvel, sem saber qual posição tomar, apenas soluçava copiosamente. Lembrava-se do venerável vulto materno, mas não se decidia...

Entre os mensageiros de Jesus que ali estavam com a missão de socorrer, e o terrível Igor, obsessor contumaz, decidido a reter sua presa a todo custo, a força do amor prevaleceu. Sóstenes, com os olhos lacrimosos e em fervorosa oração, estendeu os braços em direção ao pobre Espírito, e Julieta, qual criança manhosa, também lhe estendeu as mãos... Assim, o amor puro, ensinado e vivido por Jesus Cristo, refez mais um elo.

Os caravaneiros deram os primeiros passos a fim de conduzir Julieta ao veículo de socorro, porém, sem tempo suficiente; a um assovio de Igor, qual enxame de abelhas, apareceu repentinamente uma corja de Espíritos prontos para atacar.

Francelino, Sóstenes e os demais, que já tinham sido notificados, formaram um círculo e entraram em ação disparando dardos anestesiantes; assim, mantiveram os terríveis vampiros a distância até conseguirem aboletar Julieta na **Arca de Jesus.**[2]

* * *

Descrever com exatidão as formas animalescas de tais entidades seria impossível, por faltar termos de comparação na atualidade terrena. Todavia, resumindo de uma

---

[2] ARCA DE JESUS: nome carinhoso dado ao veículo de resgate da colônia.

forma bem simples: a Hidra de Lerna assemelhar-se-ia a um brinquedo de criança ao lado das infelizes criaturas...[3]

***

Enquanto vagarosamente a caravana se afastava, em busca de outros Espíritos necessitados, Sóstenes perguntou:

– É comum um confronto como o de hoje?

Francelino pensou por alguns segundos, talvez na tentativa de recordar fragmentos de alguma cena ocorrida no passado, e respondeu:

– Sim... Já enfrentamos bando de Espíritos que causaria pavor a qualquer um; porém, a assistência do Alto nunca nos faltou. O trabalho no caminho do bem significa luz nas almas, e onde há luz as trevas não têm vez.

---

[3] HIDRA DE LERNA: figura da mitologia grega. Serpente de sete cabeças, que renasciam quando decepadas.

Voltando ao assunto com intuito nobre, querendo saber mais para melhor servir, Sóstenes perguntou a Francelino se ele tinha noção do que teria levado Julieta a estagiar nas trevas por longos anos.

– Por longos anos talvez não seja o termo correto... O melhor seria dizermos longos séculos...

– Então, o traje de cigana, indumentária usada por muitos povos nômades e que ela adota até os dias de hoje, faz parte da sua última existência terrestre?

– Sim. Com certeza... E por ela estar fortemente vinculada ao passado, e à companhia de Igor, seu comparsa de outrora, Julieta, por imposição dele, conserva, até a presente data, o mesmo costume da época em que juntos cometeram desatinos inomináveis.

– É... – comentou Sóstenes. – Ninguém escapa da abrangente, da inflexível Lei de

Deus. Quando ainda permanecíamos no casulo terrestre, costumávamos ouvir: **Todo ato impensado que lesar o seu vizinho será brasa bem acesa a espalhar-se em seu caminho.** E a bem da verdade, os problemas criados, mal resolvidos ou adiados por qualquer motivo na Terra deverão ser corrigidos na escola terrena.

***

À tardinha, depois de ingentes esforços, o condutor da Arca de Jesus a estacionou em frente ao grande hospital. Além de Julieta, foram acolhidos e seriam internados, em poucos minutos, mais sete Espíritos, que, a partir daquele dia, estariam sendo beneficiados por abnegadas mãos, cuja única ocupação era a de dar alívio em nome do Eterno Pai.

Capítulo 8

O CASO JULIETA

Os primeiros raios solares desciam suavemente sobre a acolhedora Nova Aurora, quando um luminoso Espírito chegou repentinamente, agraciando com seu simpático sorriso a atendente da recepção do Jesus Nazareno. Tal Espírito viera de Planos Superiores, e com luminosidade tal, que poderia afetar a visão de Estela, a recepcionista. Porém, com humildade, como uma estrela que perdesse o seu grande fulgor, apequenou-se no momento para poder efetuar a tão aguardada visita. Era Rosalina que chegara...

Paranhos, nesse momento, chegava com os braços abertos e, sorrindo, com bondade, falou:

– Rosalina... Que bom vê-la novamente! Como me sinto feliz! Sentimo-nos honrados com a simpática visita e também pela possibilidade de prestar o nosso pequeno auxílio à nossa querida Julieta.

– Quem se sente honrada sou eu, Paranhos... Ah! Como é bom estarmos integrados na falange dos que servem em nome de Jesus. As alegrias sentidas nesses momentos transcendem **o sentir** dos que simplesmente caminham a esmo.

– É verdade, Rosalina. Quando todas as criaturas aperceberem-se do quão importante é estarem sintonizadas com o bem, o mundo terreno será mais feliz e, assim, as colônias de socorro deixarão de receber tantos Espíritos escravizados aos vícios e ralados de tanto sofrimento.

— E minha Julieta, Paranhos, como está ela? Posso vê-la?

— Claro que sim, minha irmã... Por favor, acompanhe-me.

***

E, amavelmente, o digníssimo diretor do hospital conduziu Rosalina até o quarto onde se encontrava em tratamento a ex-integrante do bando de ciganos.

Foi uma cena indescritível... Rosalina via em Julieta o Espírito carente de afeto e, infelizmente, bem distante do que almejava o seu bondoso coração de mãe. Julieta, espantada, mas sentindo uma irresistível atração por aquela silhueta luminosa, não sabia que atitude tomar: se deveria levantar-se e atirar-se nos braços daquele anjo a lhe estender as mãos ou esperar o desenrolar dos acontecimentos...

Paranhos, com os olhos orvalhados, deixou seus pensamentos voarem através do tempo; rememorou, numa fração de segundos, o encontro com Eduardo, seu filho querido, que também fora resgatado havia décadas, e quase nas mesmas condições de Julieta. Naquele momento, Paranhos, elevando o pensamento ao Céu, agradecia ao Pai Celeste a oportunidade de ajudar na construção de Nova Aurora e, ao mesmo tempo, por meio de seu trabalho, ter podido estreitar o sagrado laço que o unia a Eduardo.

Ele vencera, e Eduardo, depois do tratamento e longo curso de aprendizagem com o professor Calixto, já tinha ingressado aos círculos carnais, enquanto a filha de Rosalina estava ainda reiniciando a sua longa caminhada.

Aquele belo e extasiante momento chegara ao seu apogeu... Rosalina, emocionada e entre lágrimas, sussurrou:

– Minha filha...

Julieta, tal qual uma garotinha de colo,

feliz, buscou, de braços abertos, o regaço materno, exclamando:

– Mamãe...

※※※

Feliz, e quase adormecida, Julieta foi conduzida pela mãe a um bosque distante, e tão florido, que os pincéis terrenos não o retratariam a contento. A filha de Rosalina não fazia jus a tão grande bênção, porém, Rosalina conquistara tal direito pelo tempo de serviço em nome do Criador. Se **ninguém dá o que não tem**, a nobre matrona tinha o que dar, e muito, e o fez em favor da filha.

Julieta voltou daquele passeio mais calma e bem mais lúcida... A breve excursão fez-lhe muitíssimo bem, embora só conseguisse reter na mente vagas lembranças do que vivera, caminhando ao lado de um anjo num lindo bosque repleto de flores.

Assim que aquela amorosa mãe chegou, reconduzindo a enferma ao leito, Sóstenes, Eurico e Juliano entraram e, após os cumprimentos e as apresentações, Paranhos falou:

– O momento presente, concedido pela mercê de Deus, é-nos valiosa oportunidade de confraternização e aprendizado. Diante de alguém que muito amou, que muito ama e que jamais deixou esquecida a filha de outras eras, seu exemplo nos faz lembrar o amor e a bondade do Pai Celeste, que, apesar da nossa reincidência nos erros milenares, está sempre de braços abertos a nos esperar.

– Deveríamos adotar o amor puro do Cristo como parte integrante de nossa vida – comentou Rosalina. – No entanto, somente depois de acerbos padecimentos, de quedas nos abismos do erro... Depois de tantos desacertos e tantas dores, é que aceitamos essa divina bênção na nossa vida diária.

Sóstenes, que tudo ouvia atentamente,

como que saciando a sede numa límpida fonte, falou:

– Desculpe-me, mas a querida irmã poderia nos dizer alguma coisa sobre o Plano Espiritual em que se encontra? Espero não estar sendo inconveniente, apenas gostaria de aprender um pouco mais...

– Não há nenhum inconveniente, irmão Sóstenes. Qualquer intenção no sentido de aprender é sempre louvável, mesmo porque o nosso aprendizado deve ser eterno tanto quanto o nosso Espírito imortal. O que eu posso relatar de importante para os diletos companheiros está relacionado ao campo vibracional. Aqui, ou em qualquer parte do mundo, cada ser respira segundo as suas próprias criações mentais. Deixe-me explicar melhor: o ar, a atmosfera respirável aqui em Nova Aurora é bem mais leve, mais agradável, do que o ar respirado nas zonas umbralinas, onde as emanações são pesadas.

De igual modo, no mundo habitado pelos Espíritos Puros, de onde estou tão distante, as emanações mentais são bem mais puras, homogêneas, tão sutis e agradáveis que seria impossível descrevê-las. É tudo questão de espiritualização e merecimento. Na Lei Divina, não há privilégios, cada filho de Deus estagia espiritualmente no mundo que criou para si mesmo. Foi por essa razão que disse Jesus: *O Reino de Deus está dentro de vós.* – Lucas, 17:21.

Após a belíssima dissertação feita por Rosalina, Paranhos, fazendo uso da palavra, acrescentou:

– Ah! Como seria maravilhoso se todas as criaturas estivessem vivenciando o santo amor ensinado pelo Mestre Jesus! Não haveria tantas dores, e o vocábulo **felicidade** não simbolizaria apenas um sonho, mas, sim, a realidade.

***

No dia seguinte, logo pela manhã, Paranhos entrou sorridente no quarto de Julieta e lhe perguntou:

– Como vai a nossa doentinha? Está melhorzinha?

– Estou melhor... mas ainda me sinto muito enfraquecida. Parece que estou voltando de uma longa viagem...

– Fique tranquila, acalme-se... Esqueça-se do passado e procure descansar. Os medicamentos prescritos a ajudarão a se fortalecer. Em algumas semanas, quem sabe, você terá condições de tomar algumas medidas quanto ao seu futuro...

– De que maneira, doutor? Alguém que viveu por longos anos sob o jugo da violência e que acabou por incorporá-la à sua vida, alguém que nem sempre foi obrigada a cometer loucuras, e as cometeu... Como posso pensar no futuro sem livrar-me do remorso abrasador que tanto me angustia? Todas as lágrimas que fiz verter em rostos alheios são como lavas de um vulcão a queimar-me por dentro.

– Julieta, de todos os seres que desceram às arenas terrestres, apenas um não delinquiu – **Nosso Senhor Jesus Cristo.** Nós somos criaturas frágeis, suscetíveis aos erros...

– Sim, mas os ensinos transmitidos por mamãe em minha infância fizeram-me conhecedora do bem e do mal. No entanto, eu os menosprezei.

E a ex-prisioneira chorava copiosamente... Para cada argumento de Paranhos, no sentido de tranquilizá-la, Julieta buscava uma justificativa para se culpar. Eram as reminiscências dos atos nefandos praticados por ela exigindo justiça.

Paranhos percebeu que a enferma não tinha condições emocionais para a continuidade do diálogo. Qualquer arrazoado, por mais justo que fosse, ela não o aceitaria no momento. Assim, carinhosamente, afagou-lhe o ombro, desejou-lhe paz e retirou-se.

***

Alguns dias depois, Julieta, já bem mais calma, passeava por uma alameda florida quando Calixto, atendendo a uma solicitação de Paranhos, interpelou-a carinhosamente:

— Bom dia, Julieta. Tudo bem?

— Bem... Graças a Deus. O senhor me conhece?

— Oh, desculpe-me... Deixe eu me apresentar: sou Calixto, seu criado...

E Calixto, com seu sorriso aberto, com sua voz macia, acabou por conquistar sua simpatia. Enquanto vagarosamente caminhavam debaixo das frondosas árvores, Calixto perguntou-lhe:

— Você é nova aqui em Nova Aurora,

não é? Parece-me que é a primeira vez que a vejo...

— Sim, cheguei a semana passada, mas só agora me senti disposta a sair para conhecer a colônia. Estou me recuperando bem com os medicamentos, e o doutor Paranhos me aconselhou a passear para esquecer o passado...

— Nossa! É inconcebível que alguém como você, com tamanha simpatia, tenha um passado que deva ser esquecido, e que mereça um tratamento!

— É... Mas são apenas aparências, Calixto... O meu passado, até a presente data, angustia-me. Vou contar-lhe a minha história.

※※※

— Quase no início do século XIX, nasci no seio de uma família respeitável. Papai tinha um extenso pedaço de chão: terras férteis, cobertas de grandes parreirais. Com a fabricação e a venda do vinho de ótima qualidade, vivíamos tranquilos e felizes. Porém, ao completar dezessete anos, apesar de gostar de um rapaz, num arroubo que geralmente acomete a juventude de todos os tempos, apaixonei-me por um moço de tez morena, de cabelos negros e compridos, e fugi com ele, deixando meus pais no maior desespero. Embevecida com sua beleza, com seus carinhos, não percebi que estava entrando num insondável abismo. Igor, por quem me apaixonei perdidamente, fazia parte de um bando de malfeitores que sobreviviam assaltando, e até matando, sem dó nem piedade. Tentei fugir, mas fui recapturada; para me livrar de castigos, ou sofrer menos, o jeito que encontrei foi adaptar-me ao bando. Lá na velha Europa, os chamavam de ciganos, por estarem sempre mudando de local devido às buscas efetuadas pela polícia. Porém, na realidade, eram rapazes de diversos países europeus, que deixaram suas famílias para levarem aquela vida errante. Até a semana passada, eu era uma cativa do terrível bando.

— Tudo isso é muito triste, Julieta, porém, não existe um mal que não possa ser corrigido... No entanto, ainda não consegui atinar como vocês foram atraídos para o umbral da crosta brasileira, se viviam em outro continente!

— Eu explico, Calixto. Com as constantes perseguições sofridas no velho mundo, Igor resolveu mudar de continente. Assim, o bando todo se mudou para o Brasil, bem na divisa com o Paraguai. E, então, além dos crimes praticados na Europa, os ciganos começaram a eliminar quem se interpusesse em sua frente, tentando impedir o contrabando. Depois de tantos confrontos, o terrível bando foi sendo dizimado aos poucos. Primeiro, com a morte de Igor e, depois, numa sucessão contínua, todos foram sendo mortos. Eu fui a penúltima do bando; ficou por último Fabrízio, irmão de Igor.

– Sinto muito, Julieta... Casos como o seu acontecem desde que o mundo é mundo. O importante para você, no momento, é buscar Deus, por meio de uma ocupação digna... Todo trabalho enriquece, se não aos outros, pelo menos a nós mesmos, por converter-se num filtro pelo qual se esvaem todos os males que nos afligem.

Depois de muito conversarem, Julieta ficou sabendo que as atribuições de Calixto na colônia eram justamente a de preparar os candidatos para se matricularem na escola do mundo terreno. E, com muito entusiasmo, decidiu matricular-se no dia seguinte, pois reconhecia que somente nas leiras do mundo material teria condições de reverter a difícil situação que criara para si mesma.

Calixto atingira em cheio o seu objetivo... Atendera ao pedido de Paranhos, conseguira arrebanhar mais uma aluna para sua escola e, dessa forma, ajudar Julieta, convencendo-a da necessidade do estudo.

Julieta, ao despedir-se do professor, disse, sorrindo:

– Vou ficar contando as horas, torcendo para que passem depressa... Não vejo a hora de estar preparada para o meu retorno à Terra; somente presa aos laços carnais, com a bênção do esquecimento, a minha consciência culpada se aquietará.

Capítulo 9

O REENCONTRO

Pouco faltava para as sete horas, e Julieta já se misturava aos demais alunos de Calixto. A expectativa pelo início do curso a envolvia por completo... Muito ansiosa, vasculhava com olhares atentos a grande multidão de pretendentes a um novo renascimento no plano terreno.

Sem se dar conta, pensou alto, e alguns dos alunos ouviram-na dizer:

— Nossa! Nunca imaginei que existissem tantos Espíritos interessados em recomeçar vida nova na Terra!

Repentinamente, Julieta notou um olhar buscando o seu... Tentou, mas não conseguiu controlar-se; aqueles olhos mexeram muito com o seu agitado coração, levando-o a uma aceleração contínua...

Era um dos auxiliares de Calixto que a olhava com simpatia e um largo sorriso, e que lhe parecia familiar.

Enquanto tentava decifrar tal mistério, buscando nos escaninhos da mente uma resposta às suas íntimas indagações, eis que alguém lhe tocou de mansinho o ombro esquerdo; virou-se e topou com Calixto, que lhe disse, sorrindo:

– Seja bem-vinda a esta casa, Julieta... Que Deus a abençoe pela nobre decisão de estudar. Acompanhe-me, por favor, vou apresentá-la à classe.

– Mas é necessário tudo isso? Sinto-me como um peixe fora d'água...

– Fique tranquila, somos todos irmãos.

Com o tempo, você verá que a vida na Terra poderia ter sido bem mais simples e, consequentemente, mais feliz... A timidez ou as convenções do mundo, embora muitas delas funcionem como trava, impedindo abusos, na maioria das vezes acabam impedindo que o amor estabeleça a solidariedade entre as criaturas.

Julieta, um tanto ruborizada pelo acanhamento, foi conduzida com carinho pelo boníssimo Calixto até ao potente microfone, e ele, com a simpatia de sempre, falou:

– Queridos irmãos, é com imensa satisfação que lhes apresento Julieta, a mais nova colega de vocês... Ela, como todos aqui, também pretende reiniciar uma nova etapa no chamado **mundo dos vivos** e, assim, decidiu frequentar as nossas aulas.

Com a alegria a irradiar-se em cada semblante, todos disseram ao mesmo tempo:

– Seja bem-vinda, Julieta...

O pobre Espírito, contendo-se para que a emoção não o levasse às lágrimas, apenas sorriu e fez um aceno com a mão, agradecendo. Em seguida, Calixto indicou a ela a existência de uma carteira vaga. Tímida, com os olhos orvalhados, foi sentar-se.

Calixto esperou que o leve burburinho desaparecesse por completo, aproximou-se um pouco mais do microfone e falou:

— A existência terrena – **sagrado patrimônio** –, a nós concedida pela Bondade de Deus, é uma dádiva importantíssima, tão extraordinária, que apenas um percentual baixíssimo de criaturas consegue aquilatar a sua grandiosidade. Todos vivem, mas poucos vivem de uma forma plena, e isso acontece porque há somente uma maneira de alcançar a plenitude: **amando.**

No vasto cenário terreno, o homem comum lança-se com avidez à conquista do ouro, achando que a riqueza terrestre pode assegurar-lhe a paz de espírito e, consequentemente, a felicidade. Avaliando mal, usando-a egoisticamente, corrompendo a lei dos homens e, principalmente, a Lei de Deus, que está impressa nos refolhos de sua própria consciência, **o pobre homem rico do mundo** só consegue acumular dissabores durante o curto espaço de tempo em que estagia na Terra. O valor da riqueza no seu termo amplo e verdadeiro é aquele utilizado para aclarar as mentes, para restaurar a saúde e suavizar o amargor do dia a dia **dos que pensam que viver é sofrer.**

As criaturas, homem ou mulher, que mantêm suas atenções voltadas aos prazeres desenfreados das viciações mundanas acabam, quase sempre, deixando o corpo físico sob o guante da dor e da loucura. **Não há prazer maior do que viver livre, com a consciência tranquila...**

Aqueles que permitem que o fascínio

do poder lhes domine as ações, mesmo que deixem seus nomes afixados nos grandes monumentos, ou nas placas das grandes avenidas terrenas, partem dos caminhos do mundo em condições tormentosas, adversas... Isso porque o poder não direcionado ao progresso e ao bem-estar das criaturas é uma via de acesso a futuras existências de lutas e provações. O poder que é suscetível ao homem conquistar através do amor é aquisição inalienável do Espírito e subsiste ao fenômeno da morte; ninguém consegue exercer o efêmero poder terreno fora dos círculos carnais. Não podemos jamais esquecer: **o poder absoluto, somente Deus o tem.**

Aquele que desce ao abençoado solo do mundo terreno e nada faz, que se adorna na superficialidade, acaba emaranhando-se nos engodos que cria para si mesmo; decepcionado, deixa o mundo levando consigo simplesmente um vazio por dentro. A Terra, em todos os aspectos, é uma escola de aprendizagem para o bem, **e não um simples curso de especialização para atores...**

Todos aqueles que, usando os seus dons de maneira indevida, conseguem se manter ou enriquecer ilicitamente no globo terrestre ver-se-ão atormentados pelas vias do mesmo dom. Sem sombra de dúvida, o **Único Ser** que exerceu os maiores e melhores dons sobre a face da Terra foi Jesus, e Ele disse com clareza: *Dai de graça o que de graça recebestes.* – Mateus, 10:8.

A propósito, há vinte séculos, marcando com seus rastros as poeirentas estradas da Galileia, o Mestre Amado, usando de maneira portentosa os Seus **divinos dons,** foi tido como um vulgar milagreiro, acabando por expirar numa cruz. Porém, desde 18 de abril de 1857, está na Terra o Consolador, conforme prometera Jesus – João, 14: 16 –, cujos princípios básicos esclarecem os homens a enaltecerem a prática desses dons em favor dos necessitados.

Que os meus irmãos queridos, que brevemente irão renascer no mundo terreno, possam ter a felicidade de renascer num lar onde os conhecimentos do Evangelho, mesclados com a prática, sejam seguidos fielmente; esse é o meu grande desejo.

Para finalizar os estudos desta manhã, gostaria que os irmãos gravassem em suas mentes que tudo o que recebemos de Deus são dons divinos. O amor, a riqueza, as sensações equilibradas, o poder, o trabalho, são apenas algumas das bênçãos que o Eterno Pai nos agracia por acréscimo de Sua misericórdia.

Porém, o **dom mediúnico** é como uma porta aberta descortinando-nos infinitos campos de trabalho, e não é privilégio de nenhum filho de Deus; todos têm a oportunidade de retê-lo, ou desenvolvê-lo, no curso da vida terrena.

É de suma importância que todos saibam: a mediunidade, no seu santo exercício, é sempre uma bênção; não deve jamais ser um meio de autopromoção nem de enriquecimento fácil. **A MEDIUNIDADE É COMO UMA ESCADA DE INFINITOS DEGRAUS...** Na beneficência, com passos firmes, poderá levar às alturas; mas, se houver tropeços, a queda será catastrófica.

***

Ao término da aula daquela manhã, Julieta foi abordada por Calixto, que lhe perguntou, gentilmente:

– Então, Julieta, gostou da nossa maneira simples de passar os ensinamentos, objetivando o retorno à Terra?

– Simplesmente adorei, professor... É pena que, ao voltar ao plano físico, a gente se esqueça do que aprendeu aqui.

– Sim, é verdade. Mas aquele que se mantiver em atividade no caminho do bem sempre receberá uma réstia da luz haurida nesses momentos de integração com o Mais Alto. Não podemos nos esquecer de que o Senhor da Vida jamais se esquece de um de Seus filhos... À medida que caminharmos, buscando-O, por esse mesmo caminho Ele bondosamente virá nos encontrar!

— É bom ouvir isso, professor... Como isso nos reconforta!

Julieta entretinha-se na conversa com o professor Calixto, mas seus olhos atentos buscavam alguém... Um tanto indecisa, finalmente perguntou:

— Gostaria de lhe perguntar uma coisa, mas tenho receio de estar sendo inconveniente...

— Ora, querida irmã, fique à vontade... Aqui estou para esclarecer qualquer dúvida e ajudá-la no que preciso for.

— Antes de ser apresentada à classe, vi alguém que me pareceu familiar. Se não estou enganada, deve ser seu auxiliar...

– Ah! Sim... É o irmão Marco Aurélio. Ele é um Espírito muito prestimoso, simpático, e de uma bondade sem conta... Venha, acompanhe-me que a levarei até ele. É sempre bom expandirmos os nossos laços de amizade.

Dentro de poucos segundos, Julieta e Marco estavam frente a frente... Se antes ela tinha alguma dúvida, agora não havia mais razão para isso. Ao vê-lo de perto, ao olhar aqueles olhos serenos, ela o reconheceu... Uma vaga reminiscência do passado aflorou-lhe à mente, e ela pôde reconhecer em Marco Aurélio o mesmo "Lelo" dos folguedos da infância, quando brincavam entre os verdes parreirais.

Calixto, dando uma de cupido, pois notara entre os dois cenas a fluir de suas mentes, como num filme a retratar-lhes o passado, falou:

– Marco, é com enorme prazer que lhe apresento Julieta...

Com o coração pulsando de alegria, Marco Aurélio fitou-a com carinho, dizendo-lhe:

— Como me sinto feliz em tê-la à minha frente, Julieta! Há quanto tempo estou à espera deste momento...

Estendendo os braços, acolheu-a com carinho, segredando-lhe ao ouvido: "Sim, minha amiga, você está certa... Eu sou aquele mesmo menino de outrora...".

Calixto permanecia imóvel ao lado do belíssimo par e, com os pensamentos elevados ao Criador, agradecia pelo momento inolvidável: **"Obrigado, Senhor! Muito obrigado! É maravilhoso saber que tudo o que conhecemos, até mesmo a infinidade de sóis que se distendem pela vastidão cósmica, está envolvido pelo Vosso Amor... pelo Vosso Infinito Amor!"**.

Capítulo 10

PREPARANDO O RETORNO

O curso ministrado por Calixto, objetivando preparar os Espíritos para uma nova reencarnação, prosseguia normalmente por seis dias semanais. O nobre instrutor lá estava, oito horas por dia, sempre doando o melhor de si em favor de cada aluno. À tarde, sorrindo e sempre solícito, esperava a segunda turma do dia.

Os alunos da tarde já tinham cumprido quatro horas de trabalho, pois essa atividade fazia parte do curso de preparação para os reencarnantes. Igualmente, após as quatro horas de aulas do período da manhã, cada aluno descansava por duas horas e, depois, tinha quatro horas de trabalho. Esse trabalho era realizado nas alas de enfermagem, nos serviços burocráticos da administração, em pesquisas no departamento de cadastros e até mesmo nos bosques e jardins, para aqueles Espíritos que, ao se reencarnarem, escolhessem dedicar-se no campo da Botânica, ou do Paisagismo.

* * *

Pode parecer abuso, aos olhos das criaturas do mundo, a sequência de atividades envolvendo os Espíritos do **outro lado** da vida. No entanto, é preciso considerar o trabalho como uma terapia de valor inestimável. Enquanto se trabalha, além de contribuir para o próprio crescimento espiritual, esquece-se das mazelas impregnadas desde longas datas em cada ser.

Por outro lado, é bom que se lembre de

que nem todas as criaturas são afeitas ao trabalho; existem os escravizados à preguiça, os cultores da ociosidade, os improdutivos... Se uma leva incalculável de criaturas despede-se do mundo como **boas vidas,** como preparar uma **vida boa** sem trabalho?

O trabalho é, sem dúvida alguma, o antídoto contra o ócio, a preguiça e a malversação das criaturas perante a família, a sociedade e o mundo... É o remédio na dose exata para combater a atrofia espiritual em que muita gente se encontra.

***

Depois de três anos de ininterrupta frequência ao curso de preparação, numa tarde de quarta-feira, Julieta e Delmiro Fontes foram chamados ao escritório do Dr. Paranhos. O recado partira do diretor do Jesus Nazareno e fora transmitido primeiramente a Fontes, o qual informou a Etevaldo o local onde encontrar Julieta trabalhando.

Ambos, acompanhados de Etevaldo, compareceram à sala do diretor do hospital. Após duas leves batidas à porta, anunciando-se, Etevaldo os conduziu até a mesa do diretor do Jesus Nazareno:

– Doutor Paranhos – disse Etevaldo –, eis aqui os dois irmãos que o senhor mandou chamar...

– Pode deixá-los comigo, Etevaldo, e muito obrigado pela gentileza...

Julieta e Fontes, atônitos, assustados, não sabiam como portar-se diante de tão nobre entidade espiritual. Paranhos, notando a ansiedade que os dominava, dirigiu-lhes um olhar sereno, e falou:

– Fiquem tranquilos, meus filhos... Onde se trabalha em nome de Jesus, não há motivos para preocupações, mormente quando está sendo exercido um esforço por melhorar-se...

– Obrigado por tentar nos deixar à

vontade, doutor – disse Delmiro. – Mas mesmo com um esforço redobrado, é difícil obter tranquilidade, pois não se consegue impedir que os pensamentos voltem à tona, lembrando-nos dos desacertos do passado.

– Tudo isso é compreensível, Delmiro... Porém, não se pode, de maneira alguma, acomodar-se a essa situação, pois, sem um esforço contínuo, a fim de se obter um autodomínio, ninguém conseguirá obter aquele estado ideal de espírito. Somente com uma ocupação digna ou com o esquecimento do passado, que um corpo físico proporciona, é possível esquecer-se dos erros de outrora.

– Ainda assim – atalhou Julieta –, é complicadíssima a situação dos transgressores da Lei de Deus... Quando estamos envolvidos no estudo ou exercendo as nossas atividades num trabalho digno, conseguimos comandar os nossos pensamentos e, então, as lembranças negativas do passado não nos atormentam. Porém, e quando dormimos? Quantas vezes, durante o sono, eu acordei suando em bicas, tentando afastar-me das imagens dos verdugos cruéis? Somente com a consciência tranquila é possível ter serenidade e paz.

Após permitir que Julieta e Delmiro dessem vazão às suas angústias, Paranhos falou:

— É justamente para tratar da oportunidade de se redimirem que os chamei aqui. Vocês estão fazendo um curso e preparando-se para o reingresso à vida na Terra... Isso facilita, e muito, a situação de vocês. Calixto já os orientou de maneira clara e objetiva sobre o quão importante é uma existência terrena. Tudo dependerá de vocês mesmos; "errar ou acertar" vai estar subordinado à escolha do caminho que vocês fizerem... Importantíssima será também a sensibilidade que tiverem para captar intuitivamente o que for sugerido pelos bons Espíritos e a aplicação que derem aos ensinos, enquanto permanecerem na Terra. Saibam que, enquanto se mantiverem sintonizados com o bem, contarão sempre com o nosso apoio espiritual. Também o Evangelho de Jesus estará ao alcance de todos aqueles que descem ao solo abençoado do mundo. **Estudando-o**, vocês o terão na mente; **praticando-o**, ele se incorporará nas ações de amor e caridade na vivência de cada dia.

– E quando acontecerá a nossa descida? – perguntou Delmiro.

– Brevemente... Antes, porém, existem alguns detalhes que deverão ser analisados por uma equipe de técnicos. Após esse estudo, nós os informaremos e, se aceitos por vocês, daremos início ao processo propriamente dito.

✳✳✳

Algumas semanas depois, uma nova

reunião foi realizada; agora, além de Paranhos, Delmiro e Julieta, a assembleia contava com a presença de técnicos do Departamento de Renascimentos, de Rosalina Abrantes e de Marco Aurélio, o auxiliar de Calixto.

A sala de reunião, adredemente preparada, continha uma mesa rodeada de cadeiras almofadadas, uma grande tela afixada na parede, um sofisticado projetor de imagens, além de uma mesinha com uma jarra de água e copos; tudo para que se decidisse o destino de duas almas que, muito em breve, desceriam aos círculos carnais.

Dando início à reunião, Paranhos solicitou que a mãezinha de Julieta fizesse uma oração. O nobre Espírito, fazendo um sinal de aquiescência, agradeceu, e orou:

✳ ✳ ✳

Senhor Jesus, quantas vezes já nos reunimos na Terra para darmos o último adeus a um ente querido. Neste momento, Senhor, unimos-nos para rogar as Vossas bênçãos em favor de duas criaturas que, em poucos dias, se despedirão de nós.

Dai-lhes, Mestre Amado, as forças necessárias para que não sucumbam diante das provações do mundo e a Vossa divina luz para que, iluminados, possam manter seus passos no caminho do bem.

Apiedai-vos, Senhor, desses companheiros que, como plantinhas tenras, surgirão brevemente nas leiras do mundo. Que ao renascerem na Terra possam se integrar nas fileiras do bem e, assim, consigam se desvencilhar das amarras que os prendem ao passado e, finalmente, munidos do vosso Divino Amor, possam preparar um futuro radioso e feliz.

Que assim seja, Senhor!

***

O ambiente da sala era de uma leveza ímpar... Aromas de flores saturavam o ambiente, agraciando os participantes da reunião com uma atmosfera de imensa paz.

Fazendo uso da palavra, Paranhos agradeceu à Rosalina pela belíssima oração e, após, deu início ao estudo do assunto em pauta:

– Estamos unidos neste momento para tratar com carinho do futuro de nossos queridos Delmiro Fontes e Julieta Cattaldi. Estudando a fundo o programa elaborado por Niceias e sua equipe e conhecendo o esforço dos postulantes à descida ao mundo terreno, estou convicto de que se sairão bem... Desempenharão a contento a programação estabelecida. Falta agora delinear aos queridos Delmiro e Julieta a programação e saber deles se estão de acordo com o que foi planejado.

Rosalina, habitando esferas superiores, mas não querendo prevalecer dessa prerrogativa, pediu licença para falar.

Paranhos anuiu de bom grado, esclarecendo que ela, como mãe, tinha todo o direito de orientar e encorajar a filha para o empreendimento em curso, ou seja, o renascimento na Terra. Agradecendo a oportunidade de falar, Rosalina assim se expressou:

– Toda caminhada objetivando o bem é louvável. Toda união, conjugando esforços para a ascensão, transforma-se em oportunidade sublime e deve ser agarrada como se fosse **uma tábua de salvação.** Vocês dois, Espíritos queridos, que em breve descerão ao plano dos encarnados, devem lembrar-se do ensino de Jesus que afirma que **o Doador da Vida não coloca fardos pesados em ombros fracos.** Assim, rogamos que aproveitem a bendita oportunidade e que não esmoreçam em momento algum... Quando as dificuldades aparecerem e vocês sentirem-se sem forças para continuar a caminhada, lembrem-se de que o Pai Celeste enviou um cireneu para ajudar o Mestre a carregar sua cruz... Com vocês, o Senhor da Vida, que é todo amor e bondade, não agirá de modo diferente.

Depois de transcorridos poucos segundos da fala de Rosalina, Paranhos lhe agradeceu as palavras de incentivo destinadas aos dois, confessando que suas belíssimas palavras tocaram profundamente o seu coração. Notando que Julieta e Delmiro, ansiosos, aguardavam uma definição sobre seus futuros e olhando firmemente para os dois, esclareceu:

— Desculpem-nos, queridos Delmiro e Julieta, por não lhes termos adiantado nada... Vou passar a palavra a Niceias para que ele dê as coordenadas sobre a futura existência dos dois.

※※※

Niceias, fazendo uso de uma pasta dourada, olhou para os dois interessados e falou:

— Estudando os registros das vidas pregressas dos queridos irmãos, até a presente data, chegamos à seguinte conclusão:

1) É necessário, para que seja proveitosa a descida de vocês, muito esforço. Ambos têm marcas de antigas cicatrizes, que deverão ser alijadas de seus períspiritos;

1.1) Assim, achamos por bem unir seus destinos e transformar a ida de vocês ao mundo em uma missão, em vez de usarem-na apenas como resgate;

1.2) Unidos, caminhando um ao lado do outro, poderão apoiar-se mutuamente. Assim, o estágio carnal de ambos poderá ser bem mais compensatório;

2) Informamos que, como cônjuges, vocês receberão um casal de filhos em seus braços;

2.1) De sua parte, Delmiro, receberão Sofia como filha, aquela mesma a quem Roseny e você negaram a chance de retorno às atividades e que se suicidou, jogando-se no rio;

2.2) A você, Julieta, Espíritos benevolentes que vivem em Dimensões mais Altas da Espiritualidade solicitam que, como mãe, transforme seu coração em sacrário de amor e que receba, em seus braços, Igor, o antigo companheiro da última jornada terrena, que agora jaz envolvido nas trevas do umbral;

2.3) Os Espíritos benevolentes, acima citados, têm um vínculo espiritual com Igor e, ao ajudá-lo, vocês obterão deles o apoio irrestrito;

2.4) Quanto a Igor, será desde já instado a se regenerar para que, no tempo previsto, possa descer ao encontro de vossos corações, mesmo que seja compulsoriamente;

3) O nosso querido Marco Aurélio descerá com vocês, a pedido dele mesmo, para orientá-los como um Guia Tutelar. Esforcem-se bastante para não desviarem os passos e os pensamentos do caminho do amor, assim, o nosso querido Marco terá maior facilidade na ajuda;

3.1) Marco Aurélio possuirá livre acesso do mundo físico à colônia e vice-versa, e terá todo o apoio para auxiliá-los na tarefa que irão iniciar.

4) Quanto às condições em que renascerão seus futuros filhinhos, é bom que saibam:

4.1) **Sofia**, a primogênita, renascerá portando um problema na glote, o que provocará uma pequena afasia, mas que não a impedirá de falar, embora, no início, com dificuldades;

4.2) **Igor**, por trazer em si o estigma do mal, renascerá em condições difíceis e precisará de muito amor e carinho. Além da constante permanência numa cadeira de rodas, renascerá com distúrbios mentais e jungido ao campo da idiotia.

※ ※ ※

Depois de uma ligeira prece, proferida por Marco Aurélio, a reunião daquela tarde foi encerrada. Delmiro e Julieta obtiveram o prazo de duas semanas para decidir se aceitariam ou não a complicada, mas necessária, caminhada no mundo terreno.

※※※

A boa caminhada é aquela que nos levará com segurança ao topo da montanha. Se não nos importarmos com os pequenos arranhões, conseguiremos atingi-lo, pois das alturas a nossa visão se alargará, e de lá contemplaremos melhor o esplêndido horizonte!

Capítulo 11

DESCENDO À TERRA

Transcorridos quinze dias, Delmiro saía da sala de Registros quando se encontrou com Eurico, e este lhe perguntou:

– Como vai o querido amigo que tenciona nos deixar, descendo ao plano carnal? Tudo bem?

– Oh, eu estou bem, graças a Deus... Quanto à descida ao mundo terreno, Julieta e eu acabamos de estudar o planejamento a nós apresentado e, hoje mesmo, temos um horário agendado com o doutor Paranhos para darmos o sim.

– Ótimo, ótimo, Delmiro. Eu o felicito pela sábia decisão. Quando enfrentamos qualquer problema de frente, esse problema passará a ser categorizado como um teste a desafiar a nossa capacidade de crescimento espiritual. Que Deus os abençoe, e abrace Julieta por mim...

– Sim, pode ter certeza de que o farei... e obrigado pelo incentivo.

No horário aprazado, Delmiro e Julieta conversaram com Paranhos, e o diretor do hospital, desejando-lhes felicidades, no mesmo instante solicitou a Eustáquio as providências para que o retorno dos dois se desse o mais breve possível.

※※※

O futuro casal iria renascer numa cidade goiana, onde teriam uma vida normal e só se conheceriam ao cursar o Segundo Grau.

Delmiro renasceria num lar pobre, mas de pessoas que lutavam para ter uma vida digna e, assim, cresceria valorizando a bênção do trabalho. Julieta também renasceria num lar pobre, de pessoas batalhadoras, e onde os valores espirituais tinham prioridade.

Depois de ultimar os preparativos para que se efetivasse o plano traçado, numa noite cheia de estrelas, Delmiro, qual bebê que se aquietasse ao calor materno, desceu calmamente, aconchegado aos braços amorosos de Lenita, abnegado Espírito que aproveitava o percurso da colônia à Terra para transmitir o melhor de si em favor do futuro reencarnante.

Julieta, dois meses depois, recebendo os doces afagos de Rosalina, sua mãezinha, descia tranquila para unir-se à família de Irene e Gustavo Santelmo.

***

Após 16 anos, vamos encontrar uma menina de olhos azuis, cabelos levemente avermelhados, a escrever, numa folha de caderno, um bilhetinho para ser entregue a Renan, um dos alunos do colégio em que ambos estudavam. Era o início de um genuíno amor a impulsionar Ana Lúcia ao encontro do compromisso assumido em Nova Aurora.

O simples bilhete, escrito com todo carinho, dizia: *Sou uma estrela triste e solitária, que de ti vive distante... Espero que o raio de minha esperança te atinja, meu príncipe, e, ao refletir em vossos belos olhos, possa retornar trazendo-me a certeza de que sou correspondida. É tudo o que mais quero, meu príncipe: ser acordada todas as manhãs pelo som de sua maviosa voz. Da sempre sua,*

Ana Lúcia.

Renan apanhou o bilhetinho das mãos de Priscila, amiga de Aninha, e o leu por diversas vezes. Jamais poderia imaginar que a bela fada que povoava os seus mais belos sonhos fosse se declarar assim, de maneira tão romântica. Deixou a sombra do velho caramanchão, onde se isolara para fazer a leitura, e voltou para o recreio, indo em direção da autora do belíssimo bilhete. Ao aproximar-se, olhou em seus lindos olhos azuis e falou:

– Obrigado, Aninha... Enfim, chegou o dia tão sonhado! Você é a razão do meu viver, a deusa do meu destino...

Aninha, com a felicidade estampada em seu rosto angelical, sorriu e, demonstrando certo acanhamento, falou:

– Eu é que devo agradecer, Renan. Há tempos que eu gostaria de lhe ter falado, porém, minha timidez impedia; hoje, porém, o amor que lhe consagro venceu essa timidez.

Capítulo 12

OITO ANOS DEPOIS

Numa tarde de maio, vamos encontrar Renan, garboso, todo alinhado, vestindo um belíssimo *smoking* azul, gravata borboleta, e todo ansioso, a esperar por Ana Lúcia em frente ao altar... Casavam-se naquele dia; iriam unir suas vidas na certeza de viver um grande amor.

Para ele, o relógio do tempo tinha emperrado, parara de uma vez... Os ponteiros estavam inertes, os segundos não passavam. Renan, a cada minuto, enxugava a testa suarenta e procurava debalde controlar sua ansiedade. Seus pais e padrinhos o aconselhavam:

— Calma, Renan, você vai acabar tendo um treco... É já que a noiva chega!

— Tudo bem, mamãe, estou procurando me controlar, mas é difícil. Deveria existir uma lei proibindo as noivas de se atrasarem...

Finalmente, o carro que trazia a noiva chegou... Foi um corre-corre em frente à igreja, pois os fotógrafos e curiosos não perderam tempo. Os primeiros, para fotografá-la no melhor ângulo possível, e os curiosos, para ver a noiva. Parece ser de praxe: ninguém vai a um casamento para ver o noivo; todos, inclusive as moças e senhoras, vão para ver a noiva!

Ana Lúcia pisava de mansinho... Parecia um anjo celeste a deslizar, enquanto subia os degraus rumo ao grande portal da igreja. Assim que chegou à porta, a marcha nupcial de Wagner[4] se fez ouvir, e seus belíssimos acordes fizeram furtivas lágrimas brotarem de muitos olhares atentos e apaixonados.

Renan, ao ouvir os primeiros acordes musicais e ver sua amada entrando devagarinho, sentiu-se flutuar sobre as nuvens.

Aninha, em seu gracioso andar, apoiada no braço esquerdo de Gustavo, tremia; tremia de emoção por saber que, em poucos segundos, estaria nos braços daquele a quem tanto amava.

A cerimônia foi belíssima, pois houve alguns números musicais ao som de piano e violino magistralmente executados por duas amigas de Ana Lúcia. A cada *semibreve, a cada colcheia, fusas e semifusas,* os acordes levavam os presentes ao mundo dos sonhos. Frei Tenório, aproveitando o clima que o romantismo do momento propiciou, falou sobre a importância do casamento, asseverando que

---

[4] WAGNER: Wilhelm Richard Wagner, compositor, nascido em 1813 em Leipzig, Alemanha.

o matrimônio verdadeiro é a junção de duas almas afins, e não o que os interesses materiais procuram açambarcar...

***

Quinze meses depois daquela tarde, vamos encontrar Renan novamente nervoso... Só que agora na sala de espera da maternidade Sagrado Coração de Jesus. Ana Lúcia sentira, pela manhã, fortes contrações e ligara para o esposo na imobiliária, onde trabalhava. Daquela hora em diante, o pobre Renan não mais tivera sossego. Ali estava ele suando, agitadíssimo, andando de um lado para o outro, ouvindo os apelos de Abigail, sua mãe, e de Irene, sua sogra, para que se mantivesse calmo.

Finalmente, a porta se abriu dando passagem ao obstetra, que vinha sorridente trazendo a boa nova. O bebê tinha nascido e era uma linda menina.

Aquele lar harmonioso, pois existia um

recíproco amor entre os cônjuges, agora, com aquela **dádiva divina – uma filhinha,** seria mais feliz. Havia, sim, os probleminhas corriqueiros que são comuns entre muitos casais, mas nada que afetasse o convívio e a paz doméstica.

Concretizando-se o planejado no mundo espiritual, Vera, a belíssima menina, apresentou, desde pequenina, uma anormalidade na laringe, precisando de cuidados médicos. Porém, Ana Lúcia, que esteve inserida desde menina nas atividades do Centro Espírita que seu pai dirigia, jamais perdeu a fé e, além de cuidar da filhinha, continuou orientando e trabalhando na oficina de costura que um dos departamentos do Centro patrocinava, tendo, com isso, a ajuda da espiritualidade superior.

Renan, de família católica, não frequentava, mas não impedia que Aninha cooperasse nas obras de caridade, e esse entendimento, essa concordância entre os dois, era o traço de união entre o casal; assim, Marco Aurélio, o iluminado Espírito que o Alto concedera para ajudá-los, tinha maior facilidade de exercer a missão para a qual viera.

✳︎✳︎✳︎

Enquanto Delmiro, Julieta e Sofia, agora reencarnados em novos corpos, como Renan, Ana Lúcia e Verinha, respectivamente, viviam em paz, Igor, o antigo obsessor, foi resgatado do umbral e estava sendo tratado com amor e carinho pela mesma equipe que tratou de Delmiro: Desidério, Sóstenes, Eurico e Juliano.

A retirada do ex-líder dos obsessores dentre os seus comparsas de crimes e violências foi um tanto complicada; algumas tentativas, infelizmente, foram frustradas... Foi necessário envolvê-lo usando a imagem de Julieta contida em sua própria lembrança e, depois, transformar aquela imagem na figura angelical de Ana Lúcia. Ao ver a imagem da antiga companheira transformar-se num anjo ao lado de outro homem, enfureceu-se e pôs-se a correr adoidadamente. Assim, a equipe de Francelino conseguiu neutralizá--lo, conduzindo-o à Arca de Jesus e, depois, ao Jesus Nazareno.

Internado, Igor estava agora distante do ambiente pesado e enfermiço da zona umbralina, porém mantinha o olhar cismativo, e seus pensamentos mais pareciam uma bolinha de pingue-pongue, indo do local onde estagiara por tempos incontáveis até a imagem de Julieta, num local que ele não podia identificar.

Sua recuperação seria por demais morosa e complicada, pois o pobre infeliz, diante dos muitos crimes praticados, ver-se-ia aturdido e seria alvo fácil da loucura quando desperto pelo remorso. Assim, por um pedido de Paranhos, que acedeu às sugestões dos Seres Superiores, antepassados de Igor, o departamento que Niceias dirigia estudou pormenorizadamente o caso em pauta, concordando que seria melhor encaminhá-lo rapidamente ao renascimento na Terra.

Tal medida sustaria qualquer tentativa de resgate por parte dos seus ex-companheiros das trevas e lhe propiciaria, em parte, o esquecimento das atrocidades que cometera em sua pregressa existência.

Numa noite em que se martirizava na tentativa de reaver na memória a imagem da bela mulher em que Julieta fora transformada, o suposto cigano foi atraído como um poderoso imã ao coração do anjo que lhe seria mãe na Terra.

Prematuramente, oito meses após, nasceu num parto complicadíssimo. Como anos antes, Renan lá estava na maternidade, feito uma barata tonta, andando de um lado para o outro... Finalmente, apareceu o médico e, como um doido varrido, o desesperado pai foi ao seu encontro, perguntando:

— Nasceu o bebê, doutor? É homem, ou mulherzinha? E a Aninha, como está ela?

— Acalme-se, Renan, por favor... A parturiente está bem. O bebê é do sexo masculino, mas nasceu fora do peso normal e, por isso, terá de ficar algumas semanas na incubadora. Pode ficar tranquilo, que faremos tudo o que for possível em favor do seu filhinho.

Dois dias depois, Ana Lúcia obteve alta e foi para casa... Apesar de sair com o coração apertado por deixar o filhinho na pediatria do hospital, não via a hora de chegar a casa e poder abraçar Verinha, apertando-a de encontro ao peito.

Os frequentadores do Centro Espírita de Cáritas, a pedido de Gustavo, fizeram correntes de oração em favor do pequerrucho. Assim, depois de vinte e cinco dias, que se arrastaram para Renan e Aninha, como também para Verinha, que não via a hora de poder acariciar o irmãozinho, o bebê teve alta.

❈❈❈

Como a natureza, que não dá saltos, a Lei de Causa e Efeito imprime em cada corpo renascido no mundo o fator de correção, para que cada um expurgue os seus delitos do passado. Dependendo da vivência de cada um, poderá haver atenuantes ou agravantes, quando os encarnados obedeçam, ou não, aos ditames da Lei de Deus.

Diante do Pai Celeste, não há castigos nem privilégios para ninguém. Cada um colhe o que deixou semeado ao longo de sua caminhada.

Quem trabalha buscando o bem estará criando acessos para uma vida melhor, mais sadia, portanto, mais feliz... Quem descura de seus deveres ver-se-á, mais tarde, dando fortes braçadas para livrar-se das correntes escuras no rio da evolução.

※ ※ ※

Os abnegados mensageiros de Nova Aurora, mais particularmente Marco Aurélio, que sempre inspirava Aninha para o melhor a ser feito, estavam sempre a encorajando, e também ao esposo, no sentido de aceitarem os sofrimentos do filhinho querido como uma prova necessária... Tudo o que era possível e permitido estava sendo feito.

O Centro Espírita dirigido por Gustavo era o ponto convergente de onde eram retiradas as forças e os estímulos para o prosseguimento da missão dos pais e do resgate dos filhos.

Aninha, apesar de ser espírita convicta, às vezes, punha-se a chorar diante da aflição e do desespero do filhinho, o pequeno Renan, que ela amava mais do que a si mesma.

Certo dia, numa conversa antes do início de uma reunião, Ana Lúcia perguntou ao pai qual o motivo de o menino sofrer tanto... O pai, extremamente inspirado, disse:

– Filhinha querida, nós não estamos aptos para entender com exatidão a verdadeira origem daquilo que nos afeta, e de que não gostamos. Aceitamos, e isto é uma verdade, que os nossos sofrimentos são oriundos dos nossos erros do passado. Porém, sabe-se lá o que aprontamos em outras existências!... De uma coisa podemos ter certeza, o Juninho não está desamparado. Não sou vidente, mas o Zé Ernesto já teve a oportunidade de ver um Espírito de muita luz ao lado do menino. Tenhamos fé em Deus, querida, tudo isso vai passar... Um dia, reunir-nos-emos felizes no Mundo Maior... No mundo bem mais feliz!

Capítulo 13

A RENÚNCIA DE SANTELMO

No primeiro capítulo, notamos que Paranhos, ao falar aos estagiários sobre a fundação de Nova Aurora, informou a Eurico que o querido companheiro Ary Santelmo, num gesto de renúncia, descera há meio século para prestar ajuda a um ente querido de existências passadas, que se envolvera nas viciações desenfreadas.

Na realidade, Ary reencarnara e, secundado pelos amigos espirituais da colônia, estava conseguindo arrebanhar, para o seio da família espírita, aquele que lhe fora pai numa pregressa existência.

Nascera Ary na família de um bisneto, recebendo o nome de Gustavo, e desde a infância se viu envolvido por influências estranhas que a nova família não entendia. Quando garoto, com seus cinco anos, dizia ver um homem de branco que lhe aparecia em qualquer local: em casa, na escola, nos entretenimentos; a entidade, que somente ele via, sempre estava por perto acompanhando suas atividades. De início, teve medo; depois, sentindo-se bem com a presença amiga, acostumou-se.

※ ※ ※

Na atualidade, qualquer fato relacionado com o aparecimento de seres estranhos ao convívio terreno já causa estranheza, desconforto e pavor; imaginemos há um século... A entidade espiritual que o acompanhava era o seu **guia protetor,** preparando-o para o desempenho da missão programada em Nova Aurora.

***

Ao completar quinze anos, Gustavo, que gostava de música e dedilhava um violão razoavelmente bem, fora convidado por Zeca, um amigo, para acompanhar, com seu violão, um grupo infantil numa festividade natalina. A apresentação dar-se-ia na sede de um Centro Espírita, e ele aceitou.

Os que ignoram os ensinos de Jesus aclarados pela luz da Doutrina Espírita poderiam dizer que o **acaso** levou Gustavo Santelmo para o Espiritismo; porém, sabemos que o acaso não existe, e que, quando programado, tudo se encaixa perfeitamente aos desígnios do Pai Celeste.

Uma semana antes do Natal, Gustavo compareceu às dependências do Centro para treinar as crianças e acabou gostando do companheirismo e do ambiente de paz lá encontrado. Conclusão: Gustavo tornou-se espírita.

***

Depois de mais de duas décadas, o diligente Gustavo tornara-se o presidente do Centro Espírita de Cáritas; orientava sempre os indecisos, esclarecia as mentes cheias de dúvidas e aliviava as dores de todos os sofredores com suas preces. Com denodo e persistência, conseguiu retirar aquele que lhe fora pai no passado, agora irmão, dos caminhos da viciação desenfreada; missão que solicitou no Plano Espiritual em favor de um ente tão querido, e que se coroara de êxito, uma vez que Alfredo, já havia dezesseis anos, tinha deixado a vida de desregramentos e cooperava de boa vontade nas obras assistenciais do Centro Espírita.

Nos últimos meses, apesar da ajuda espiritual recebida, Alfredo começou a se definhar dia a dia, devido à sífilis, que minava a sua constituição física; no entanto, seu Espírito, fortalecido por aquela fé que não se curva diante da morte, esperava pela desencarnação tranquila, por saber que continuaria a viver e que o Pai Eterno lhe daria, futuramente, novas oportunidades em forma de perdão.

Numa fria manhã de junho, Alfredo, com os olhos inundados de lágrimas, despedia-se da mãe, já velhinha, com quem morava, uma vez que não se casara. O pobre, como um pássaro errante, andou pela vida saltitando de galho em galho, sem nunca ter a oportunidade de construir seu próprio ninho. Mas, graças à perseverança do irmão Gustavo, conseguira afastar-se dos vícios mundanos e guardar, no âmago de sua alma, uma réstia de luz haurida nos conselhos e ensinamentos evangélicos dentro de uma casa espírita.

※※※

Nada é mais triste e desconcertante do que a ocorrência de um fato desagradável, quando, por um incidente qualquer ou, como erradamente se diz, **por acaso,** descobre-se algo que tem muito a ver com o nosso passado menos feliz...

Alfredo estava sendo velado nas dependências do Centro Espírita quando Leonardo, um jovem de seus 22 anos, notou um sinal de nascença na mão do falecido; o sinal era idêntico ao que ele trazia no braço esquerdo, logo acima do cotovelo. O pobre moço fez-se de forte para não ter um chilique no meio de tanta gente. Continuou ali firme com sua presença física, porém, seu pensamento, turbilhonado por tantas perguntas sem respostas, estava ausente dali.

Leonardo acompanhou o féretro com os demais e voltou para casa, agoniado; a semelhança da marca que vira na mão de Alfredo e da que ele tinha no braço era tão grande, que não restava a menor dúvida: Alfredo era seu pai. Agora entendia por que Inês, sua mãe, nunca quisera tocar no assunto, dizendo que o safado de seu pai fora embora assim que soubera de sua gravidez, e que nunca mais voltara.

Esperou pela mãe, que estava trabalhando; e quando Inês entrou em casa, foi surpreendida pelo filho com a seguinte pergunta:

– Mamãe, o Alfredo Santelmo era o meu pai, não era?

Inês, empalidecendo, cambaleou e procurou recostar-se na parede, temendo estatelar-se no piso duro da sala. Leonardo, arrependido por ter causado aquele mal-estar em sua mãe, acudiu-a, fazendo-a sentar-se no sofá e trazendo depressa um copo d'água. Inês tomou a água vagarosamente, aos goles, e pensava: "O que será que deu nesse menino?".

Como um autômato, não sabendo o que fazer para se desembaraçar daquele momento constrangedor, Leonardo sentou-se na poltrona em frente à mãe, passando apenas a olhá-la.

De repente, Inês tomou coragem, encarou-o e, finalmente, perguntou:

– Qual o motivo que o levou a me fazer uma pergunta tão descabida, meu filho?

– Pelo sinal de nascença que o falecido tinha na mão direita. Eu vi bem; era igualzinho ao que tenho no braço esquerdo...

– Mas de onde você tirou a ideia maluca de que Alfredo Santelmo era seu pai?

– Mamãe, quando saio com os meus amigos, a senhora sempre me recomenda não abusar da bebida nem aprontar com nenhuma mulher, como fizera meu pai... Lembro-me bem de que a senhora sempre acrescentou: já basta o que sofri nesta vida. Ajuntando as coisas, deduzi que meu pai, que a senhora disse ter ido embora, era o Alfredinho...

Inês pôs-se a chorar desesperadamente... Parecia que o mundo tinha desabado em cima dela. Não tinha como negar diante de tamanha evidência. Levantou-se, abraçou o filho do coração e, finalmente, falou:

– Perdoe-me, Leonardo, por ter escondido a verdade de você... Até mesmo Alfredinho ignorava que tinha um filho... Fiz isso para o seu bem; existem coisas na vida que, depois de feitas, não há como corrigi-las. O que importa neste momento é que você existe e que eu o amo mais que a minha vida. Fiz o possível, e até o impossível faria, para nunca lhe faltar nada. Por favor, perdoe-me, meu filho, por não lhe ter dito nada sobre o seu pai... Não valia a pena...

※※※

O tempo não estaciona para as criaturas que se integram e se entregam, de corpo e alma, ao campo caritativo, pois a qualquer tempo é sempre tempo de servir!

* * *

Leonardo, que jamais pensou em pisar dentro de um Centro Espírita, pisara no dia do velório de Alfredo, um amigo que ele ignorava ser seu pai. A partir do momento em que descobriu a verdade sobre o seu nascimento, começou a refletir sobre a influência benéfica que a doutrina espírita exerce sobre todas as criaturas.

Lembrou-se de que, em seu tempo de criança, por diversas vezes, viu Gustavo, em companhia de algum dos seguidores do Centro, levar Alfredo bêbado para casa, pois ele se embriagava quase que diariamente, e que foi curado frequentando as reuniões espíritas. Agora, então, que sabia ser Gustavo o seu tio, decidiu frequentar as reuniões e participar de alguma das atividades do Centro.

Ao ver Gustavo entrar no Centro num

sábado pela manhã, Leonardo procurou-o e, com jeito, contou que vinha sonhando ultimamente com Alfredinho e que, no sonho, ele o convidava para ir ao centro. Gustavo, que conhecia o rapaz e sabia da sua aversão ao Espiritismo, ficou surpreso, mas fez o convite:

– Seja bem-vindo, Leonardo... É um enorme prazer tê-lo conosco. O Espiritismo precisa de gente jovem, pois nós, os mais velhos, não vamos perdurar por muito tempo. Uns mais cedo, outros mais tarde, teremos todos de partir.

– Desculpe-me, Gustavo, mas é verdade que no Espiritismo acredita-se que, ao morrermos aqui na Terra, nascemos do outro lado?

– Não é bem assim, Leonardo. O correto seria dizer: voltamos para o lado de onde viemos, ou seja, para o mundo dos Espíritos. Deus, nosso Pai de infinita bondade e sabedoria, criou-nos para vivermos eternamente. Cada existência na Terra seria como uma vestimenta que usamos por um determinado tempo e que, quando se torna imprestável, nos desligamos dela. O corpo é essa vestimenta; ao deixá-la, nós, Espíritos, retornamos ao mundo espiritual, e só retornaremos ao mundo terreno por meio do renascimento, ou seja, da reencarnação.

O moço estava muito admirado com as explicações que recebia, e perguntou ainda:

— Isso quer dizer que a vestimenta que o Alfredinho estava usando tornou-se imprestável, e por isso ele a deixou?

— Isso mesmo, Leonardo. Só que, infelizmente, devemos fazer uma ressalva nesse caso: a roupagem do Alfredo estragou-se antes do tempo; foi deteriorada graças às loucuras cometidas por ele mesmo.

Capítulo 14

LUTA PELA SUPREMACIA

Era uma manhã de quarta-feira e a Arca de Jesus já estava a caminho do umbral para dar socorro aos irmãos em necessidade. Francelino recebera, no dia anterior, um pedido de Paranhos para que a "gruta cigana" fosse visitada.

Tal pedido fora feito de uma maneira incisiva e toda especial. O diretor do Jesus Nazareno tinha recebido a visita de Marco Aurélio, e este, apreensivo, confessara que vários obsessores, pertencentes ao bando dos chamados ciganos, investiram contra o lar de Renan na tentativa de apoderar-se do Espírito de Juninho, só não conseguindo graças à ajuda dos mentores do Centro Espírita.

O chefe da equipe socorrista ouviu comovido o pedido de Paranhos e ficou muito impressionado.

– Francelino – disse-lhe Paranhos –, o antigo chefe dos ciganos, que hoje está usando a vestimenta carnal de Renan Júnior, está sendo assediado de maneira ostensiva pela falange das trevas e, se continuarem os ataques, o pobre Juninho, já com tantos problemas, desencarnará antes do tempo previsto. Seus ex-comparsas digladiam-se por um desentendimento qualquer e querem a volta de Igor ao comando do bando. Marco Aurélio está sempre alerta, mas teme pelo pior...

– Amanhã mesmo, iremos à gruta, querido irmão... Mas desculpe-me, doutor Paranhos, como proceder?

– Procure descobrir o motivo da discórdia entre eles, pois talvez esteja aí a causa de tanto alarido; após, estudaremos a melhor maneira de solucionar o problema.

E por isso Francelino, circunspecto, meditativo, prosseguia assentado ao lado do condutor da Arca...

Ao chegarem perto da malfadada gruta, Francelino e Sóstenes confabularam entre si e decidiram se aproximar, disfarçadamente, o mais perto possível do covil dos obsessores. Com a experiência adquirida através do tempo, notaram que duas facções disputavam a supremacia pela liderança. De um lado, um Espírito de estatura descomunal, de causar temor pela aparência horripilante; de outra parte, os descontentes, que não aceitavam subordinar-se a Lucca e, por isso, queriam arrebatar Igor, reencarnado, do corpinho de Júnior e tê-lo novamente como líder.

Sóstenes, ousadamente, aproximou-se um pouco mais e pôde ouvir:

– Deixe o Igor onde está, Martin. Quem garante que, com todos aqueles problemas que lhe afetam a mente por vários anos, o pobre infeliz teria condições de liderar alguma coisa, caso fosse libertado do jugo da carne?

– Mas você é mesmo um frouxo, hein, Fabrízio?! Nem parece que você foi o segundo em comando, enquanto seu irmão estava conosco. Assim, nunca teremos a mínima chance de derrotar o Lucca. Você teme o gigante, e me parece, pelo jeito, que a antiga inveja de seu irmão ainda persiste...

– Deixe o Igor fora disso, Martin... Depois que o mano foi embora, levado pelos "iluminados", temos vivido por todo esse tempo sob a liderança daquele maldito. Nesse fogo infernal em que estamos, uma tostadinha a mais não vai fazer nenhuma diferença...

Ao ouvir as últimas palavras de Fabrízio, um lampejo passou pela mente de Sóstenes, que, olhando para o companheiro, falou sussurrando:

— Achamos o "x" da questão, Francelino. Basta a retirada de Martin desse antro, e tudo se resolverá.

＊

Ao retornarem à tarde para a colônia, Sóstenes e Francelino foram até a sala de Paranhos e o informaram do que ocorrera na gruta cigana. Contaram o que ouviram e sugeriram a retirada de Martin do convívio dos demais; segundo eles, sem sua interferência, tudo voltaria ao normal, e Renan Júnior não seria mais assediado por seus ex-comparsas.

Paranhos, admirado com o que ouvira, falou:

— É de se pasmar a astúcia dos habitantes das trevas umbralinas. Para deter o poder de mando, fazem de tudo... E de permeio com tanta maldade está o egoísmo, comandando essas mentes trevosas!

– E o bando é bem maior do que pensávamos – disse Sóstenes. – É uma legião enorme composta de obsessores de ambos os sexos, e um pior que o outro.

– Pobres infelizes – rematou Paranhos. – Enquanto não se decidirem a adotar a Sublime Lei do Amor ensinada por Jesus, debater-se-ão naquele inferno criado por eles mesmos. Quanto a Martin, se não for abusar de sua bondade, Sóstenes, gostaria que o irmão encontrasse a melhor maneira de retirá-lo do convívio do bando. Talvez, essa seja uma tarefa demorada, e o Francelino tem que continuar no comando dos caravaneiros.

– Conte comigo, doutor Paranhos. Se Deus quiser, muito em breve lhe trarei boas notícias...

Enquanto isso, o ambiente tenso do lar de Aninha e Renan tornou-se mais calmo. Com a ausência dos obsessores, os pensamentos do casal melhoraram sensivelmente;

aquele medo e aquela incontida ânsia de socorrer Juninho em suas agitações também desapareceram. Voltaram a orar, conseguindo, com isso, a ajuda direta de Marco Aurélio.

* * *

Quando as criaturas superam o medo e o desespero por meio da oração, tudo fica mais fácil. Com a oração fervorosa, o pensamento, dantes sombrio, torna-se iluminado e, então, as soluções para as dificuldades aparecerão. A oração é o remédio mais eficaz no combate aos males que afligem tantas almas. É pena que pouca gente tenha o hábito da oração constante, e menos ainda são os que aceitam essa afirmação como verdade!

* * *

Sóstenes, atendendo à solicitação de Paranhos, passou a sondar insistentemente as cercanias da gruta onde a horda maléfica estagiava; no quarto dia, deparou-se com uma situação favorável para cumprir o que

Paranhos lhe solicitara. Martin e mais um comparsa de pequena estatura saíram por uma abertura diferente da usada normalmente; era a chance esperada.

Sem pestanejar, Sóstenes os seguiu e comunicou-se, ao mesmo tempo, com Francelino, pedindo ajuda. O chefe dos caravaneiros enviou Ambrósio, Oliveira e Lenildo e, dentro de poucos minutos, Martin foi dominado, enquanto o Espírito nanico deu no pé, desaparecendo na mata escura...

Já nas dependências do hospital, Martin, com os olhos esgazeados como um demente enfurecido, esforçava-se para fugir. No entanto, diante do magnetismo, da bondade e do respeito que a presença de Paranhos impunha, o obsessor foi se acalmando e dispôs-se a conversar. O diretor do Jesus Nazareno, suavemente, com calma, olhando-o com bondade, assim falou:

– Martin, meu amigo... Por que se debater tanto diante de uma luta tão inglória?

– Inglória para você. O que vale a vida se não lutarmos pelos nossos ideais?

– Mas de que vida você está falando, Martin? Você acha que a condição em que vocês permanecem é vida? Viver é ter liberdade, ter alegria, ser feliz junto de quem amamos. Há quanto tempo você está distante de seus familiares?

– Nem sei... E isso não me interessa. O que pretendo, e vou fazer, é trazer o chefão para cá...

– De que chefão você está falando? O Único, o Maior, o Chefe de todos nós, é Deus. Esse sim, temos de nos esforçar para tê-Lo conosco.

– Não adianta, moço, você nunca vai me convencer...

– Olhe aqui, Martin, o seu ex-chefe já está a caminho de sua própria regeneração por meio do sofrimento que enfrenta no mundo. Você não pode atentar contra a vida dele. Ele não tem, no momento, condições de reagir nem de escolher entre ficar no mundo ou acompanhá-lo. O mesmo acontecerá com você e com os outros... Ninguém estaciona indefinidamente diante das leis da vida, tampouco fica impune pelos crimes cometidos.

– Pouco me importo com isso... Quero ver até quando vocês vão conseguir manter-me aprisionado. Dia mais, dia menos, os meus me tirarão daqui.

***

A equipe do Jesus Nazareno fez de tudo para conquistar a confiança de Martin, mas, em sua mente, o desejo de trazer o antigo chefe para desbancar Lucca falava mais alto que qualquer ponderação.

Assim, cinco meses depois de ser assistido caridosamente no hospital da colônia, Martin foi conduzido à sala de restringimento[5] a fim de obter condições de renascer.

---

[5] SALA DE RESTRINGIMENTO: local onde se amolda o Espírito, colocando-o em condições para o renascimento.

Capítulo 15

A DESTRUIÇÃO DA GRUTA

VINTE E UM ANOS SE PASSARAM... Renan e Aninha, assinalados pela neve do tempo a colorir de fios brancos os seus cabelos, faziam de tudo para manter Juninho calmo. Ele, já com 27 anos, raramente ficava agitado; as poucas vezes em que se debatia, parecendo lutar com o invisível, era devido a algum vislumbre de cenas tristes de seu passado distante, a atormentá-lo. No entanto, Marco Aurélio, sempre vigilante, mantinha-se atento naquele lar como um Anjo Amigo.

Verinha, a filha mais velha, estava casada havia cinco anos e era mãe de um robusto garoto. Morava ao lado dos pais e era uma assídua frequentadora do Centro dirigido pelo vovô.

Gustavo Santelmo, apesar de os anos pesarem sobre os seus ombros, mantinha-se no comando do Centro Espírita de Cáritas: um porto seguro no alívio aos necessitados.

※※※

Em Nova Aurora, multiplicavam-se as atividades para atendimento a todos os carentes. Eram os assistidos pela colônia que estagiavam nas experiências da carne, os atormentados e enfermos do umbral que, depois de prolongados tratamentos, careciam de acompanhamento, atendendo à evolução de cada Espírito... E, ultimamente, a necessidade de recuperação dos amotinados da caverna cigana.

Quando Sóstenes e integrantes da equipe de caravaneiros retiraram Martin do convívio do bando, uma aparente paz se estabeleceu na caverna. Porém, tempos depois, o gigante Lucca, prevalecendo-se do conformismo de Fabrízio, iniciou uma sequência de torturas. Nesse ínterim, abnegados Espíritos, habitantes de regiões mais altas da Espiritualidade, preocupados com a sorte de Fabrízio e de seus companheiros, intercederam junto a Paranhos, solicitando-lhe ajuda no sentido de tentar eliminar a gruta sinistra.

O diretor do hospital e governador de Nova Aurora, como sempre, prontificou-se a dar o melhor de si e de sua equipe para que o almejado objetivo fosse alcançado. Assim, numa bela manhã, quando a passarada gorjeava nas árvores do belíssimo jardim de Cidade Fraterna, uma falange de Espíritos luminosos chegou volitando[6] e desceu em

---

[6] VOLITAR: capacidade que possui um Espírito, de acordo com seu grau evolutivo, de poder transportar-se, elevar-se no solo e deslocar-se numa espécie de voo.

frente ao Hospital Jesus Nazareno à procura do Diretor da cidade.

Paranhos atendia a Velásquez, que já havia terminado o seu plantão, quando o avisaram da chegada da equipe espiritual. Abraçando e agradecendo a Velásquez pela sugestão dada, dirigiu-se à recepção do hospital para receber os recém-chegados.

Sorrindo, aproximou-se do grupo, dando-lhes as boas-vindas, e, após cumprimentá-los, apresentou-se:

— Irmãos, sejam bem-vindos a Nova Aurora. Que a paz do Senhor do Universo esteja conosco, hoje e sempre! Meu nome é José Paranhos, mas podem chamar-me simplesmente de Paranhos. Quando estamos palmilhando os caminhos do Senhor, somos apenas viajores e qualquer titulação perde o sentido... Aqui estou para servi-los em nome de Jesus.

— Obrigado, doutor Paranhos, pela gentileza e pela amável acolhida. Sou Erasto, encarregado de dar o apoio necessário para que a *"tão falada gruta cigana"* desapareça de uma vez por todas. Apresento-lhe Alencar, Yuri e Adamastor, irmãos queridos que a Bondade Divina deu-me como companheiros.

– Muito prazer, irmãos queridos, é uma honra tê-los conosco... Sintam-se como se estivessem em suas casas, embora isso seja difícil, devido terem descido a um plano inferior, mesmo que com a finalidade de servir em nome de Jesus.

＊＊＊

Depois de convenientemente alojados, compareceram à sala de Paranhos e, então, marcaram, para o período da tarde, o estudo detalhado da destruição da famigerada gruta.

No primeiro quarto de hora da tarde, Paranhos, Sóstenes, Eurico, Juliano, Erasto e sua equipe reuniram-se na sala de estudos e projeções. Depois das devidas apresentações,

Paranhos solicitou que Erasto coordenasse a reunião, pois a equipe de Nova Aurora apenas iria trabalhar como auxiliar.

Erasto, fazendo uso da palavra, começou:

— Não existe mistério no que deve ser feito. Já fizemos isso outras vezes... A dificuldade maior consiste na retirada dos habitantes da referida gruta. Assim sendo, gostaríamos de conhecer o local, pois somente a partir daí teremos condições de dar o primeiro passo para desalojar os inquilinos de sua casa.

— No momento que o querido irmão achar melhor – disse Paranhos –, a nossa equipe estará à disposição, pois Sóstenes conhece bem o local.

— Agora mesmo, se não houver nenhum inconveniente... Tudo o que se possa fazer no sentido de minorar o sofrimento tem de ser colocado como prioridade.

Dentro de pouco tempo, as duas equipes estavam às portas da gruta que iria ser demolida.

Enquanto Sóstenes, Juliano e Eurico postavam-se do lado de fora, Erasto e sua equipe adentraram a caverna sem serem molestados, pois, como Espíritos evoluídos, tinham a capacidade de se tornarem invisíveis aos olhos da turba de malfeitores. Pesquisaram as condições das vítimas de Lucca, o verdugo cruel, constatando hematomas e arranhões profundos causados pela tirania daquela alma sem entranhas; também estudaram o melhor local para se postarem quando fossem falar com os Espíritos das trevas.

Retornando à colônia, Erasto procurou por Paranhos e o cientificou do que conseguira visualizar: subjugação, violência e miséria moral, no que tinha de mais deplorável. Esclareceu-o também do que tencionava fazer para que a gruta fosse extinta.

※※※

Na manhã do dia seguinte, quando os caravaneiros da Arca de Jesus partiam para mais um dia de exaustivo labor, outra caravana também saía, mas com destino à gruta dos horrores.

No primeiro dia, a equipe estudou, por várias horas seguidas, a maneira de executar um plano que causasse o maior impacto possível à mente dos obsessores, já bastante confusos quanto ao próprio futuro, pois, sem a presença de Igor, não possuíam mais a forte determinação no mal que o líder lhes impunha ao pensamento.

No dia seguinte, colocaram o plano em execução, e a técnica usada por Erasto e equipe pegou os obsessores de surpresa; mais parecia uma tomada de filmagem cinematográfica: Erasto entrou primeiro e posicionou-se numa pequena reentrância da gruta... Logo após, entrou a equipe de Nova Aurora, ou seja, Sóstenes, Eurico e Juliano, e os obsessores, vendo-os, prepararam-se para atacá-los, mas, no exato momento, Adamastor, Yuri e Alencar, tornando-se visíveis, entraram na frente com tamanha luz, que o temível Lucca e seus comandados afastaram-se, amedrontados.

Aproveitando-se da comoção sob a qual os obsessores estavam, Sóstenes gritou alto e compassadamente:

— Companheiros, prestem muita atenção...

Depois, indicando um determinado ponto da gruta, falou:

— Ouçam todos o que o Mensageiro do Senhor tem para lhes falar.

Neste instante, Erasto, envolto em uma intensíssima claridade, abriu os braços numa amplexidade fraterna e, com suavidade na voz, falou:

— Queridos irmãos, o Pai Celeste, em sua infinita bondade, convida-os a pensar nas belezas da criação: no fulgor do Sol, no brilho das estrelas, no verdor das campinas, nas fontes de águas límpidas a jorrar do solo, na beleza da flor, no cantar dos pássaros, na meiguice das crianças e em tudo o que de belo os seus olhos já viram... Já é hora de mudar o rumo de seus caminhos... Há quanto tempo vocês não têm contacto com os familiares a quem muito amaram? Eles morreram, vocês me dirão... E vocês? Vivendo em constantes conflitos dentro desta caverna úmida e fria, poderão afirmar-me que estão vivos? Não! Viver é ter liberdade, é ser feliz... Você, Fabrízio, há décadas perdeu o convívio de Igor, seu irmão; estou certo de que dele você tem saudade. Mas todos vocês deixaram, num passado distante, os doces afagos da mãe, a palavra do pai amigo e o carinho de seus irmãos. Vejam, vejam todos... Ei-los... Aí estão alguns dos seus entes queridos...

O ambiente da espaçosa gruta, dantes escura e malcheirosa, agora recendia inebriantes perfumes e estava mais iluminado, com o aparecimento de entidades altamente espiritualizadas; eram os ancestrais de muitos dos obsessores, ali presentes. À medida que cada ser ia aparecendo dentro da gruta, um facho de intensa luz, vindo das alturas, atravessava a cobertura da caverna ligando-se à entidade, deixando entrever lá fora a claridade do sol e a imensidão celeste. Os infelizes seres, ao reconhecerem, um a um, os seus antigos familiares, arrependidos, punham-se a chorar de remorso e tristeza.

O momento era de uma singular magnitude espiritual. O ambiente tenso, pesado e hostil de antes se transformara agora num ambiente de intensa paz.

Novamente, Erasto, fazendo uso da palavra, assim se pronunciou:

— Amigos, ouçam bem... Os Mensageiros de Jesus aqui presentes, que por acréscimo da Misericórdia de Deus os presentearam com suas visitas trazendo paz aos seus conturbados corações, solicitam que saiam em paz; é da vontade do Pai Celeste que a gruta que temporariamente os abrigou seja destruída. Saiam tranquilos, sem atropelos, e jamais apaguem de suas mentes as cenas grandiosas que, em nome de Deus, presenciaram neste local.

Vagarosamente, como se estivessem carregando tamanho fardo às costas, os infelizes seres foram saindo como se fossem reses rumo ao bebedouro, a fim de mitigar a sede. Nenhuma reclamação, nenhuma revolta; em silêncio, sem nenhum alarido. Somente as palavras de Erasto a ecoar dentro de suas mentes...

Após a saída de todos, com os últimos já distantes, a um sinal de Erasto, Yuri direcionou um pequeno aparelho rumo ao interior da gruta e o acionou. Era uma espécie de lança-chamas, expelindo fogo azulado, cuja finalidade era destruir de vez os miasmas criados pelas mentes enfermiças dos obsessores.

Em seguida, atendendo a Erasto, o operador do estranho aparelho fez com que cessassem as chamas e acionou agora um segundo controle, e se fez ouvir, dentro da gruta, um ruído em alta frequência que seria inaudível ao ouvido comum. Neste momento, toda a parte superior da gruta foi desabando, ficando no lugar somente um amontoado de destroços... Finalmente, a gruta cigana já não mais existia... No entanto, ficaria registrada, no arquivo do tempo, a lembrança de cenas de selvageria e devassidão cometidas por seres perversos, atos que lhes exigiriam, no futuro, lágrimas, suor e sacrifícios a fim de reconhecerem os erros cometidos e o necessário arrependimento, levando-os a novos rumos em direção à evolução.

Capítulo 16

FINALMENTE A VITÓRIA

Finda a operação, os integrantes das duas equipes retornaram à colônia, encontrando-a movimentada. Aníbal Silva Ferraz retornara a Nova Aurora depois de estagiar a serviço numa colônia vizinha e, naquela manhã, Gustavo Santelmo, devido a um infarto agudo do miocárdio, desprendera-se do vaso carnal e retornara à cidade fraterna.

Santelmo deixou tranquilamente a Terra, pois cumprira fielmente a sua missão, deixando a neta Verinha no comando do Centro Espírita.

Enquanto o regozijo pela vitória do bem, premiando o esforço e a dedicação daqueles Espíritos bondosos, continuava em todas as dependências de Nova Aurora, naquela cidadezinha goiana os familiares e frequentadores do Centro Espírita de Cáritas, entristecidos, homenageavam, com suas presenças, a figura querida de Santelmo.

Semanas antes, Gustavo Santelmo, agradecendo à neta pela dedicação na leitura de *O Evangelho Segundo o Espiritismo*, veladamente lhe disse:

— Minha neta querida, graças a Deus, nós temos você conosco... Aqui no Centro, você será a minha substituta quando eu me for desta para uma melhor e, na casa de seus pais, será o anjo consolador, amainando as tempestades íntimas de Juninho, constituindo o doce conforto àqueles sofridos corações.

— Nossa, vovô, não fale assim... Só de

pensar fico agoniada. O senhor vai continuar por muitos anos conosco.

Mal sabia Verinha que, dentro de algumas semanas, o seu vovô querido partiria, e a ela caberia a responsabilidade de dar continuidade ao trabalho de Gustavo Santelmo.

***

Normalmente, o momento que antecede a grande viagem difere sobremaneira de um Espírito para outro; o grau de evolução de quem parte e a aplicação ao bem que teve no mundo é que vão determinar o desenlace fácil ou complicado de cada Espírito.

No caso de Santelmo, foi rapidíssimo e indolor, pois, no momento da síncope, Gustavo Santelmo estava no Centro atendendo a uma família carente; sentindo uma pontada no peito, sentou-se e começou a suar frio... A família que estava sendo atendida, assustada, chamou por socorro, e Zé Ernesto o acudiu, levando-o para o hospital, mas o Espírito que animava aquele corpo já estava ausente; no primeiro sinal do infarto, os mentores espirituais retiraram-no do vaso carnal e, assim, Gustavo Santelmo nada sofreu.

Em muitos casos, o enfermo fica por horas, dias, meses, ou até anos, amargando um sofrimento atroz. Há quem diga: o fulano é tão bom, por que sofre tanto assim? O problema é que nós vemos apenas o presente, não sabemos nada do envolvimento do moribundo com os erros do passado. O sofrimento prolongado amadurece o Espírito, dando-lhe ensejo de pensar nas coisas de Deus.

Outras vezes, embora bem poucos aceitem, o sofrimento que antecede o desenlace de um ente querido é benéfico para a família. Quantas famílias, desunidas por desentendimentos quaisquer, voltam a se unir, esquecendo mágoas e ressentimentos diante do esquife do ente querido que se despede.

E quantos, depois de passarem meses ou anos sem emitir uma palavra sequer, de repente sentem aquela melhora repentina e fazem algum pedido aos familiares...

Enquanto houver necessidade de virmos ao mundo, seja para desempenhar uma missão ou resgatar o passado culposo, será necessário enfrentarmos o fenômeno da morte. Isso é inevitável!

※※※

No dia seguinte ao da comemoração pela chegada de Aníbal Ferraz e Ary Santelmo, Erasto procurou por Sóstenes e ambos foram até a sala de Paranhos para dar ciência do trabalho realizado. Depois de leve batida à porta, anunciando-se, entraram, cumprimentaram-no e expuseram com detalhes o ocorrido. Paranhos, com o semblante sereno, suspirou e falou aliviado:

– Graças a Deus e à boa vontade dos diletos irmãos, nas imediações de Nova Aurora, uma gruta a menos deixa de nos preocupar. Obrigado, de coração, queridos irmãos... Com certeza, aos poucos, na hora certa, todos os Espíritos "ciganos" que se dispersaram serão recolhidos pela Arca de Jesus.

– Sim – complementou Erasto –, em qualquer caminho, aqui ou alhures, agora ou na eternidade sem fim, todas as ovelhas do Pai retornarão ao aprisco do Bom Pastor, pois o Mestre afirmou: *Das ovelhas que meu Pai me confiou nenhuma se perderá.*

※※※

Naquele dia, à noitinha, o salão de música da colônia estava todo iluminado e festivo. O governador da cidade, todos os diretores de departamentos, médicos e enfermeiros que não estavam de plantão se encontravam ali para homenagear e se despedir de Sóstenes, Eurico e Juliano, que retornariam a Alvaluz, e também de Erasto e sua equipe.

Foram momentos de rara beleza... O

coral, comandado pela irmã Lenita, arrancou calorosos aplausos e lágrimas de emoção, que abundantemente desciam pela face de todos os presentes.

Das cinco músicas apresentadas, uma em especial chamou a atenção, tanto pela linha melódica quanto pela mensagem que a letra trazia... A belíssima letra, divinamente inspirada, falava da querida figura do Senhor de Nazaré, o querido filho do carpinteiro e Mestre de todos os tempos.

Na impossibilidade de passar na íntegra, eis o refrão da belíssima e suave música:

> *Além do céu azul,*
> *Existe alguém a olhar por nós,*
> *Almas tristes que padecem,*
> *Ele roga ao Pai por nós...*
> *Por isso cantemos forte,*
> *Saudando a Cristo Jesus.*
> *Para que seus doces ensinos*
> *nos confortem, enchendo-nos de luz!*

O acontecimento festivo avançou noite adentro, e Paranhos, governador de Nova Aurora e diretor do Hospital Jesus Nazareno, agradeceu aos queridos estagiários de Alvaluz, a Erasto e sua equipe pela valiosa cooperação, e aos companheiros Ary Santelmo e Aníbal Silva Ferraz, de quem, doravante, teria as agradáveis companhias.

***

No dia seguinte, quando as últimas estrelas desapareciam na abóbada do azul celeste, a movimentação no pátio do Jesus Nazareno era intensa. Grande parte dos habitantes da colônia, exceto os dos serviços de emergência, estava reunida para se despedir das duas equipes, mais notadamente de Sóstenes, Juliano e Eurico, que granjearam a simpatia de todos os moradores de Nova Aurora.

Foram momentos de intensa emoção e demonstração de carinho recíprocos. Antes da partida das equipes, Dr. Paranhos novamente agradeceu aos nobres Emissários Celestes pela dedicação e pela oportunidade da agradável convivência e, depois, elevando os pensamentos aos Céus, agradeceu ao querido Doador da Vida, pela oportunidade daquele momento fraterno:

Senhor Deus,

Desde longas datas, o Vosso Amor tem suprido as nossas necessidades e suportado os nossos desatinos. A nossa caminhada é lenta e tumultuada, graças à nossa teimosia e insipiência... Todavia, ante a nossa pequenez, a Vossa Grandiosidade está presente e sempre nos socorre.

Senhor, triste é a caminhada terrena, porque as criaturas, negligentemente, escolhem a maneira errada de viver... São poucas as que têm plena alegria na vida, porque raras são as que trabalham e servem em nome de Jesus.

O amor ensinado por Vosso Amado Filho anda tão esquecido entre as criaturas, pois ainda se vê, no mundo, crianças morrendo à míngua de pão e criaturas desnudas tiritando de frio. Alguns religiosos da Terra poderiam amainar tanto esses sofrimentos, mas não passam de frascos rotulados por fora... e vazios por dentro.

Ainda existe, Senhor, guerras religiosas sendo fomentadas entre as Igrejas terrenas; os que se dizem missionários no mundo ainda não entenderam que somente o Amor Puro pode restaurar a verdadeira religião e reunir as criaturas diante da Vossa Augusta Presença.

Além de tudo, Senhor, nos corações terrenos, o egoísmo é escolhido como parceiro ideal e indispensável das criaturas. Os que detêm as rédeas do poder esquecem-se de dividir... querem somente multiplicar para si mesmos.

Senhor Amado! Dai-nos força e orientai--nos sempre para que continuemos no caminho do bem, sem falsear o aprendizado e sem descui-

dar dos nossos deveres... E, se um dia, Senhor, por nossa incapacidade, estivermos desprovidos de tudo, dai-nos o Vosso Sublime Amor, pois somente ele nos bastará!

Que assim seja, Senhor!

Os Mensageiros Celestes, então, despediram-se dos moradores de Nova Aurora, felizes. Partiram, acenando as mãos, retornando ao recanto de paz e luz que deixaram para cumprir mais uma missão em nome do Senhor da Vida. Como raios de luz que, vertiginosamente, cortam os ares vencendo inconcebíveis distâncias, desapareceram no azul do espaço.

Almejavam, ardentemente, abraçar sem demora os entes queridos de quem tinham saudades; no entanto, ao partirem, deixaram para trás rastros de saudade, essa mesma saudade que faz doer o coração de quem ama com puro amor.

E, assim, os incansáveis trabalhadores de **Cidade Fraterna,** pouso acolhedor de tantas almas sofridas, voltaram às suas atividades normais, sentindo-se honrados e felizes em distribuir amor em nome do Divino Amigo de todas as horas, o meigo Jesus Nazareno!

FIM

Agradeço, Senhor dos mundos,
A paz que estou sentindo agora.
Que ela se faça presente
Aos meus irmãos do mundo afora!

No ano de 1963, Francisco Cândido Xavier ofereceu, a um grupo de voluntários, o entusiasmo e a tarefa de fundarem um Anuário Espírita. Nascia, então, o Instituto de Difusão Espírita - IDE, cujo nome e sigla foram também sugeridos por ele.

A partir daí, muitos títulos foram sendo editados, e o Instituto de Difusão Espírita, entidade assistencial sem fins lucrativos, mantém-se fiel à sua finalidade de divulgar a Doutrina Espírita através da IDE Editora, tendo como foco principal as Obras Básicas da Codificação, sempre a preços populares, além dos seus mais de 300 títulos, muitos psicografados por Chico Xavier.

O Instituto de Difusão Espírita conta também com outras frentes de trabalho, voltadas à assistência e promoção social, como albergue noturno, acolhimento de migrantes, itinerantes, pessoas em situação de rua, assistência à saúde e auxílio com cestas básicas, para as famílias em situação de vulnerabilidade social, além dos trabalhos de evangelização infantil, mocidade espírita, artes (teatro, música, dança, artes plásticas e literatura), cursos doutrinários e passes.

Este e outros livros da *IDE Editora* subsidiam a manutenção do baixíssimo preço das *Obras Básicas, de Allan Kardec*, mais notadamente, *"O Evangelho Segundo o Espiritismo"*, edição econômica.

Pratique o *"Evangelho no Lar"*

ideeditora.com.br

✱

Acesse e cadastre-se para receber
informações sobre nossos lançamentos.

 INSTITUTO
DE DIFUSÃO
ESPÍRITA

🌐 IDEEDITORA.COM.BR
📘 IDEEDITORA
🐦 @IDEEDITORA

IDE EDITORA é apenas um nome fantasia utilizado pelo INSTITUTO DE DIFUSÃO ESPÍRITA, entidade sem fins lucrativos, que promove extenso programa de assistência social, e que detém os direitos autorais desta obra.